Tales from Grimm　Wanda Gág

グリムのむかしばなし

Ⅱ

ワンダ・ガアグ◆編・絵
松岡享子◆訳

四人の友へ

感謝《かんしゃ》のことば

この本をつくるにあたって、有益《ゆうえき》なアドバイスをくださり、また、原《げん》資料《しりょう》を入手するのを親切に助《たす》けてくださったニューヨーク公共図《こうきょうと》書館《しょかん》のアン・キャロル・ムアと、メアリー・グード・デイビス、それに、コロンビア大学・教師養成校《きょうしようせいこう》・リンカーン校のアン・T・イートン、さらには、ニューヨークのヴァイユ・ギャラリーのカール・チグロッサーに、心からお礼《れい》を申《もう》し上げます。また、ニューヨークのヘラルド・トリビューン紙の読書欄担当《どくしょらんたんとう》のイリータ・ヴァン・ドーレンとメイ・ランバートン・ベッカーにも感謝《かんしゃ》いたします。おふたりのために、「ヘンゼルとグレーテル」の絵をかいたことがきっかけで、この『グリムのむかしばなし』誕生《たんじょう》への道筋《みちすじ》がつけられたのです。

ワンダ・ガアグ

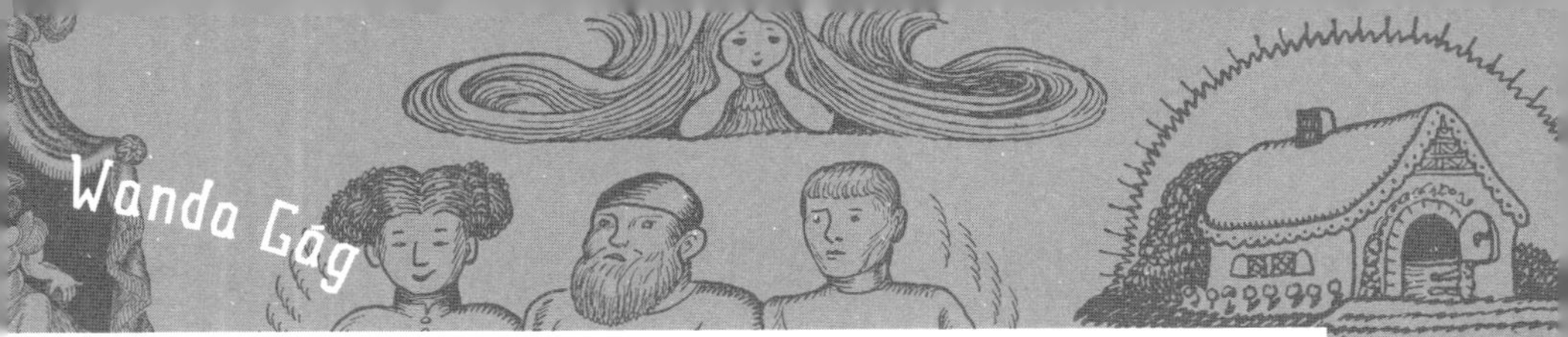

もくじ

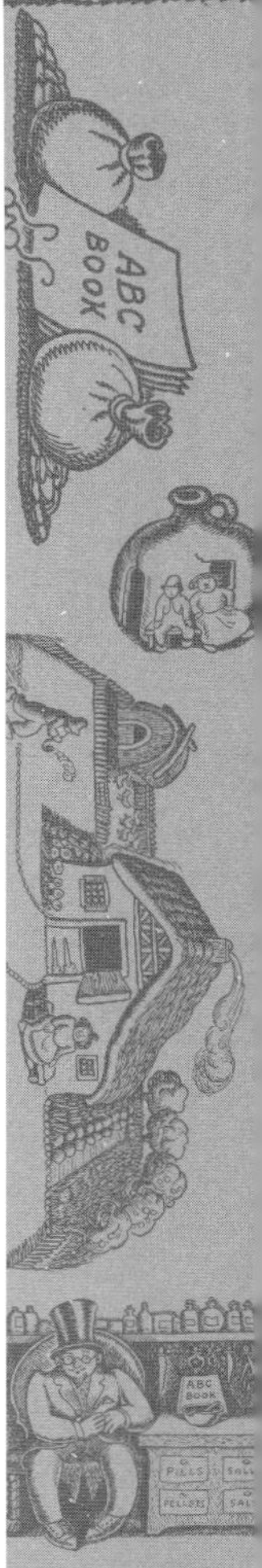

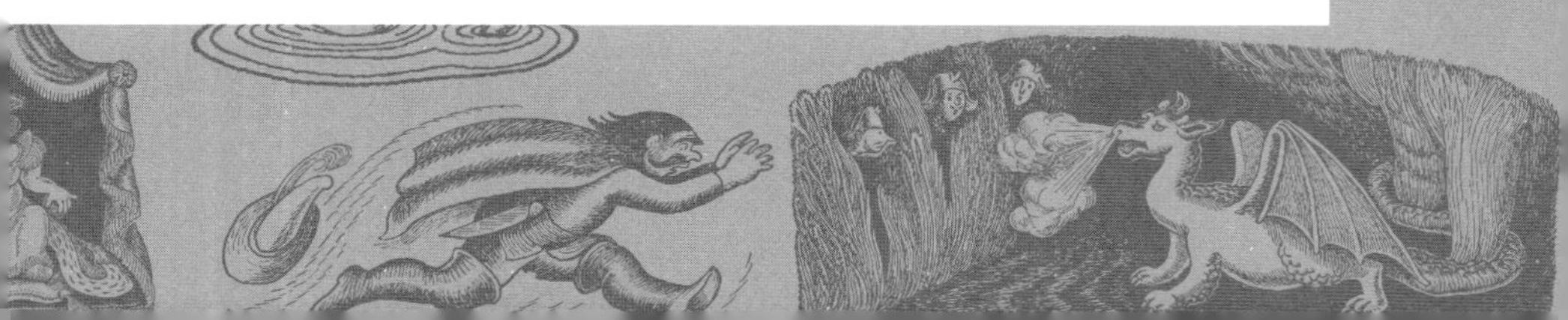

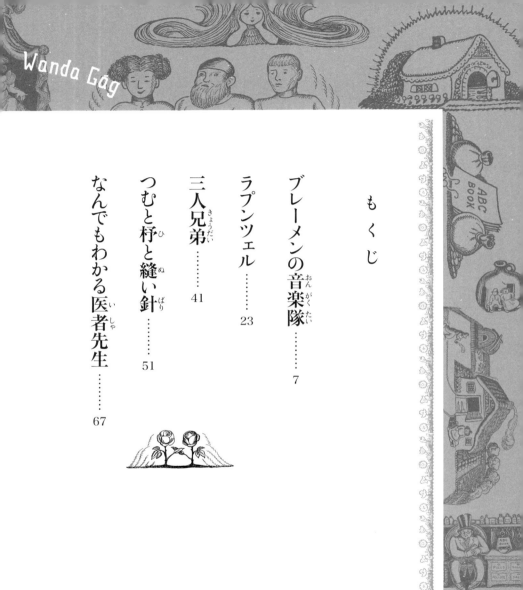

Tales from Grimm

ブレーメンの音《おん》楽《がく》隊《たい》

あるところに、とても、とても年とったろばがいました。若《わか》い時分《じぶん》は、たくさんのおもい荷物《にもつ》をはこんだものですが、今はもうくたびれ、力がぬけて、はたらけなくなりました。ある日、主人《しゅじん》は、えさ代を節約《せつやく》するために、このろばを処分《しょぶん》しようとじゅんびをはじめました。けれども、長い耳をぴくっとうごかして、その気配《けはい》をさっしたろばは、考えました。

「何かおこりそうだぞ――空気でわかる。まだ足がつかえるうちに、ここからでていったほうがよさそうだ。」

そこで、ろばは、納屋《なや》からこっそりぬけだし、四本の足で、ほそい小道をとおり、ブレーメンの町を目ざしました。そこで、町の音楽師《おんがくし》たちの楽隊《がくたい》にはいって、くらしをたてようと思ったのです。

ところが、まだあまり遠くへ行かないうちに、道に何かがよこたわっているのにでくわしました。それは、大きな猟犬《りょうけん》でした。犬は、ありったけの息《いき》をはききったとでもいうように、はあはあとあえいでいました。

「おいおい、でか犬さん、」と、ろばはいいました。「どうしてそんなにあらい息《いき》をしてるのかね？」

「わぅー！　わぅー！」と、犬は、あえぎあえぎいいました。「もう何年ものあいだ、おれは主人《しゅじん》に忠実《ちゅうじつ》につかえてきた。かたときも休まず家の番をして、狩《か》りに行くときは主人《しゅじん》を助《たす》けた。だが、今は年をとって、目も半分見えなきゃ、耳もろくに聞こえん。おまけに、足腰《あしこし》もこわばって、思うようにはうごけん。となったら、主人《しゅじん》は、これ以上《いじょう》おれにえさを食《く》わせたくないのさ。食《く》わせるかわりに、おれを殺《ころ》すつもりでいやがる。だから、おれはどうにかあぶないところを逃《に》げだして、ここにいるってわけさ。けど、逃《に》げたところで、けっきょくなんになる？　おれはもう年をとりすぎて、パンも肉もかせげない。道ばたで飢《う》え死《じ》にするのがおちさ。」

「よう、相棒《あいぼう》、」と、ろばはいいました。「わしとて、おまえさんと似《に》たりよったりの境遇《きょうぐう》だ。で、わしが何をしようとしているかわかるか？　わしはブレーメンの町へ行くところなんだ。そこで、音楽師《おんがくし》になろうと思っとる。わしといっしょにきて、音楽をやらんかね？　わしはリュートをひいて、おまえさんがたいこをたたく――となりゃ、りっぱな音楽になるじゃないか、ええ？　そうしたら、町の衆《しゅう》が、きっと小銭《こぜに》をいくらかなげてくれるさ。」

犬は、この計画がおおいに気に入りました。そこで、ふたりの家出組は、そろって旅《たび》をつづけました。

まもなく、ふたりはねこに会いました。ねこは、道ばたにすわっていましたが、雨がじとじとと三日もふりつづいたような、うかぬ顔をしていました。

「おいおい、ひげふきやさんや、」と、ろばはいいました。「どうしたっていうんだね？」

「いのちがあぶないってときに、だれがうれしそうにしていられるもんですか。」と、ねこはいいました。「何年ものあいだ、わたしはだんなさまのために、家のねずみというねずみを一ぴきのこらずつかまえてやりました。ところが、もう目はかすんでくるし、歯《は》もすりへってきて、今じゃ、こわばった足でよろよろとねずみのにおいをかぎまわるよりは、火のそばにねそべって、のどをごろごろいわせるほうがらくになってきたんですよ。そうしたら、おかみさんは、もうわたしに用がなくなって、今朝《けさ》、わたしを水につけて殺《ころ》そうとしたんですよ。でもね、いくら年をとってたって、わたしには、まだ、九つのいのちのうちのひとつがのこっているんです。このたいせつないのちを、どうにかして、どこかあったかい、いごこちのいい、だんろのかたすみでまっとうしたいと思ってね。だから、がたのきた足をむりやり走らせて、ここまで逃《に》げてきたんですよ。けど、ここにきてみたところで、はてさて、このさきどこへ行ける？　何ができる？」

これを聞いて、ろばはいいました。

「わしらふたりは――犬とわしはな――音楽師《おんがくし》になるために、ブレーメンに行こうとしとるんだ。いっしょにこないかい？　おまえさんは、夜、恋《こい》の歌をうたうことにかけては、まちがいなく年季《ねんき》がはいっとる。今さら師匠《ししょう》につく必要《ひつよう》もないくらいだろう！」

年とったねこは、こんなおせじをいわれていい気になり、よろこんでついてきました。そこで、家出した三にんは、いっしょに旅《たび》をつづけました。

まもなく、一行《いっこう》は、ある百姓家《ひゃくしょうや》の庭《にわ》にやってきました。そこの門柱《もんちゅう》の上に、尾羽打ち枯《おはうちか》らしたおんどりがいて、のどもさけよとばかり鳴いていました。

「おいおい、赤とさかくん！」と、ろばはいいました。「おまえさんのそのさけび声は、まさしく骨《ほね》のずいまでしみとおるぜ。どうしたんだい？　何があったんだい？」

「わたしは、ただ聖母《せいぼ》さまの祝日《しゅくじつ》は、いいお天気になると予報《よほう》していたんです。」と、おんどりはいいました。「ってことは、わたしもまだ何か役《やく》に立って

いるってことですよね。でも、うちの女主人《おんなしゅじん》は、わたしが前ほど若《わか》くはないというだけで、わたしを明日《あした》の日曜日、お昼のごちそうにしようとしてるんです。今夜、今夜ですよ、みなさん、わたしの頭は、とぶんです。だから、考えたんですよ、まだ頭が肩《かた》の上にのっているあいだに、鳴けるだけ鳴いておこうとね。」
「おやおや、そうだったのかい、赤とさかくん!」と、ろばはいいました。「だが、そんなふうに、殺《ころ》されるままになっていることはないさ。どっちにしても、おまえさんはわしらといっしょにきたほうがいい。わしらは、みんなで、ブレーメンの町へ行って、音楽師《おんがくし》になるん

だ。おまえさんは、大きくて力強い、すばらしい声をしている——わしらがみんなで演奏《えんそう》するとき、ところどころで、コケコッコーと大声で合いの手をいれてくれるといいのさ——おい、おい、こいつは、聞きものだぜ！」

おんどりは、これからさきも毎日、時をつげることができるとわかって、大よろこびしました。そこで、家出した四にんは、旅《たび》をつづけました。

けれども、ブレーメンの町は遠く、その日のうちには、町まで行きつくことができませんでした。日暮《ひぐ》れ近くなって、四にんは、ある森のまんなかまでやってきました。そして、そこで夜をすごすことにしました。ろばと犬は、大きな木の下によこになりました。ねことおんどりは、木の上にいごこちよくおさまりました——ねこはひくい枝《えだ》に、おんどりは、てっぺん近くのほそい枝《えだ》に。そこがおんどりにとって、いちばん安全《あんぜん》な場所《ばしょ》だったからです。

ところで、おんどりは、目をとじる前に、まわりをぐるっとひとわたり、しっかりと見まわしました。おんどりがとまっている木のてっぺんからは、ずうっと遠くまで見わたすことができました。すると、あまり遠くないところに、木のあいだから、ぽつんと小さな明かりがもれているのが見えました。

「ヘイ！　ヘイ！」と、おんどりは、下にいるなかまによびかけました。「この近くに家があるらしいぞ。明かりが見える！」

「えっ、そうか？」と、ろばはいいました。「じゃ、おきて、そこへ行かなくちゃ。ここは、あまりいごこちがいいってわけじゃないからね。」

ほかのものたちも、さんせいしました。犬は、そこにちょっぴり肉のついた骨《ほね》が二、三本でもあれば、ありがたいんだがと、つけくわえました。ねこもねこで、さらいっぱいのミルクにありつけたらわるくないと思いました。そこで、四にんの旅人《たびびと》たちは、明かりのほうへ歩いていきました。

小さな明かりは、だんだん、だんだん大きくなりました。そして、とうとう、一同《いちどう》は、こうこうと明かりのついている家にやってきました。それは、なんとどろぼうのかくれ家《が》だったのです！

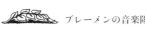

いちばん背《せ》がたかいろばは、そっと近づいて、窓《まど》から中をのぞきました。

「何が見えるね、長耳くん？」と、おんどりがささやきました。

と、ろばがいいました。「食べものと飲《の》みものがどっさりのったテーブルが見える。どろぼうの一団《いちだん》がすわって、たらふく食《く》ってる。」

「ああ、そいつは、おれたちにはおあつらえむきだな！」と、犬がいいました。

「そうとも、そうとも、」と、ろばはいいました。「あそこには、やつらでなくて、わしらがすわるべきなんだ！」

この考えがみんなの心にそれはつよくひびいたので、みんなは、なんとか手《て》立《だ》てをこうじてどろぼうを追《お》いだし、そのテーブルにつかずばなるまいと決心《けっしん》しました。とうとう、みんなは、ある計画を思いつき、手間《てま》ひまかけずに、それを実行《じっこう》にうつしました。

まず、ろばが窓《まど》のところに立って、前足を窓《まど》のでっぱりにかけました。そのろばの背中《せなか》に、犬がとびのりました。ねこは、犬の背中《せなか》にのぼっていき、おん

どりはとんでいって、ねこの上にとまりました。
こうしておいて、みんなは、ろばの合図《あいず》を待ちました。そして、合図《あいず》と同時に、いっせいに、ありったけの声で音楽をはじめました――ろばはベエ、ベエ、犬はワゥー、ワゥー、ねこはミャウ、ミャウ、おんどりはコケコッコー！　そして、この演奏会《えんそうかい》の最中《さいちゅう》に、四にんは一団《いちだん》となって窓《まど》から部屋《へや》になだれこみました。ガッチャン、ガッチャン、ガラガラガラッ！　バリッ、バリッ！　ガラスはこなごなにくだけました。ど

ろぼうたちは、とびあがりました。おびえて、顔はまっ青《さお》です。てっきり悪魔《あくま》の一団《いちだん》が、おそいかかってきたものと思ったのです。どろぼうたちは、恐怖《きょうふ》のあまり、ほうほうのていで、森の奥《おく》へ逃《に》げていきました。そこで、身《み》をよせあいましたが、だれもかれも、胸《むね》はどきどき、ひざはがくがくでした。

いっぽう四にんの音楽師《おんがくし》たちは、すぐさま、ここをわが家《や》にしました。くつろいでテーブルにすわり、どろぼうたちののこしたものを、かたっぱしからちょうだいしました。みんなは、このさき四週間も断食《だんじき》をすることになっているとでもいうように食べまくりました。

おなかがいっぱいになると、みんなは明かりを消《け》し、それぞれ自分の性《しょう》にあった、自分がいちばん気もちがいいと思う寝場所《ねばしょ》を見つけました。ろばは、外へでて、こやしの山の上によこになりました。犬は、戸のそばにあった台所《だいどころ》のテーブルの下にながながとねそべりました。ねこは、だんろのあたたかい灰《はい》のそばにすわりました。赤とさかくんは、家の屋根《やね》に、申《もう》し分《ぶん》のないとまり木を見つけました。だれもかれも、一日じゅう、ずっと歩きつづけて、とてもつかれていたので、たちまちぐっすりとねむりこんでしまいました。

真夜中を少しすぎたころ、どろぼうたちは、かくれていた場所《ばしょ》からでてきて、おそるおそるあたりを見まわしました。そして、遠くから、自分たちのかくれ家《が》に明かりがついていないのがわかると、少し近くまで歩いていきました。家はしーんとしずまりかえり、何もこわいことはなさそうに見えます。それを見て、どろぼうのかしらはいいました。

「ちょっとした物音にあんなにびっくりするなんて、おれたちもばかだったよなあ！」

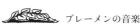

かしらは、手下《てした》のひとりに、おまえ、行ってようすを見てこいと命令《めいれい》しました。手下《てした》は、いわれたとおり、家のすぐそばまで行ってみました。中はしずかで、どこにもあやしい気配《けはい》はありません。そこで、台所《だいどころ》へ行ってランプに火をともすことにしました。だんろでは、ねこの目がくらがりの中で光っていまし

た。けれども、どろぼうは、それをくすぶっている残《のこ》り火《び》だと思い、それで火をつけようと、マッチを近づけました。でも、ねこが、こんなばかなまねをだまってゆるすはずがありません。フーッと息《いき》をふきかけてどろぼうにとびかかり、つめを立ててひっかきました。

どろぼうは死《し》ぬほどたまげて、戸口へ突進《とっしん》しました。ところが、そこには、犬がねていました。犬はとびあがって、どろぼうの足にかみつきました。どろぼうは、金切《かなき》り声をあげて、戸口からとびだし、一目散《いちもくさん》に走りだしました。けれども、こやしの山のよこをとおりぬけようとしたとき、ろばがあと足のひづめで思いっきりどろぼうをけっとばしました。さっきからの、この大さわぎに目がさめたおんどりは、朝がきたと思って、ありったけの声をはりあげて、「コケコッコー！　コケコッコー！」と、鳴きました。

手下《てした》のどろぼうは、とぶように走りつづけて、ようやくもういちどおかしらのところにたどりつきました。息《いき》ははぁーはぁー、ひざはがくがく、足はぶるぶる、立っていることもできないほどでした。

「あー、こわかった！」と、手下《てした》はあえぎながらいいました。「うちの中にゃ、火のそばにおっそろしい魔女《まじょ》がいた。そいつが、おれにあつい息《いき》をふきかけて、長いつめで、おれの顔をひっかきやがった。台所《だいどころ》の戸口の前には、ナイフをもった男がねそべっていて、おれがそこをとおろうとしたら、おれの足にナイフをつきたてやがった。外へでたら、納屋《なや》の前に黒いばけものが待《ま》ちぶせしていて、でっかいこん棒《ぼう》で、おれをぶったたきやがった。屋根《やね》のてっぺんには、裁判官《さいばんかん》がいて、おれがそばをとおりすぎようとしたら、『ぬすっとが逃《に》げるぞ！　ぬすっとが逃《に》げるぞ！』と、どなりやがった。ふーっ、あれじゃたまらねえ。いのちからがら逃《に》げだして、ここにいるってわけだ。おれは、もう二どと

あそこへはもどらねえ！」

ええ、ええ、もどりませんでしたとも。この手下《てした》も、あとのどろぼうたちも、おかしらも。自分たちのかくれ家《が》は、今や、ゆうれいや、悪魔《あくま》のすみかになったと思いこんだからです。

さて、一方、あの勇敢《ゆうかん》な音楽師《おんがくし》たちは、といえば――あれっきり、ブレーメンの町へは行きませんでした。四にんとも、このあたらしい家がすっかり気にいって、これ以上《いじょう》さきへ行く理由《りゆう》がなくなったからです。こうして、一時はいのちをうしないかけた四にんのなかまは、四にんそろって老《お》いの日々を、さいごまで、安楽《あんらく》に、ここちよくすごしましたとさ。

ラプンツェル

むかし、ドイツのある小さな村に、男とおかみさんがすんでいました。ふたりは、長いこと子どもがほしいとねがっていましたが、今になって、ようやくそののぞみがかなうしるしが見えてきました。

ふたりの家のうら庭《にわ》には、物おき小屋《ごや》があって、そこからは、となりの家の庭《にわ》が見わたせました。おかみさんは、よく小屋《こや》の窓《まど》べに立って、この庭《にわ》をながめました。というのは、そこは菜園《さいえん》になっていて、いつもよく手いれがいきとどいており、心をそそるようなかたちにうえられたうつくしい花や、みずみずしい野菜《やさい》が、元気よくそだっていたからです。菜園《さいえん》はたかい石の壁《かべ》でかこわれていました。でも、壁《かべ》があろうとなかろうと、だれかがそこにはいってくるという危険《きけん》はありませんでした。というのは、ここは、ゴッテルばあさんという、国じゅうの人からおそれられている、力のつよい魔女《まじょ》のものだったからです。

ある夏の日のことでした。おかみさんは、いつものように、小屋《こや》の窓《まど》から魔《ま》女《じょ》の菜園《さいえん》をながめていました。菜園《さいえん》の作物《さくもつ》はどれもまっさかり。うねにそってきれいにうえられた明るい色の花々は、おかみさんの目をたのしませてくれましたし、生き生きとそだっている、いろんな種類《しゅるい》の野菜《やさい》は、おかみさんの食《しょく》欲《よく》をそそりました。長い、実のしまったいんげん豆《まめ》から、ぷっくりふくらんだ、緑のえんどう豆《まめ》へ、青いきゅうりから、しゃきしゃきしたレタスへ、にんじんから、ゆれ動くかぶの葉《は》っぱへと、あちこち目をうつしているうちに、おかみさんの口にはつばがたまってきました。

けれども、その目が一瞬《いっしゅん》、大きな苗床《なえどこ》いっぱいにうえられた、緑の色もあざやかなランピヨン——この国では、それは「ラプンツェル」と呼《よ》ばれていました——の上にとまったとき、おかみさんは、なんともいえぬふしぎな感《かん》じにおそわれました。

おかみさんは、これまでもランピヨンのサラダが大すきでしたが、この魔《ま》女《じょ》の畑《はたけ》のランピヨンは、それはそれは新鮮《しんせん》で、おいしそうだったので、どんな犠《ぎ》牲《せい》をはらっても、それを食べずにはいられない、という気がしたのです。

「でも、」と、おかみさんは、自分にいいきかせました。「そんなこと考えてもむださ。魔女《まじょ》の野菜《やさい》を手にいれた人なんて、今までだれもいないんだから。このことはわすれたほうがいい。」

そういいきかせてはみたものの、どうしても、どうやってみてもわすれられませんでした。いっときもそのことが頭からはなれないのです。おかみさんは、毎日、毎日、そのみずみずしい緑のランピヨンを見てすごしました。それを食べたいという気もちは、日ましにつのるばかりです。そのうちに、おかみさんは、だんだんやせてきて、顔色も青ざめ、ひどくやつれてしまいました。

おかみさんのようすに気がついた男は、

「おまえ、いったいどうしたんだね？」と、ききました。

「ああ、」と、おかみさんはいいました。「どういうわけかふしぎなんだけど、

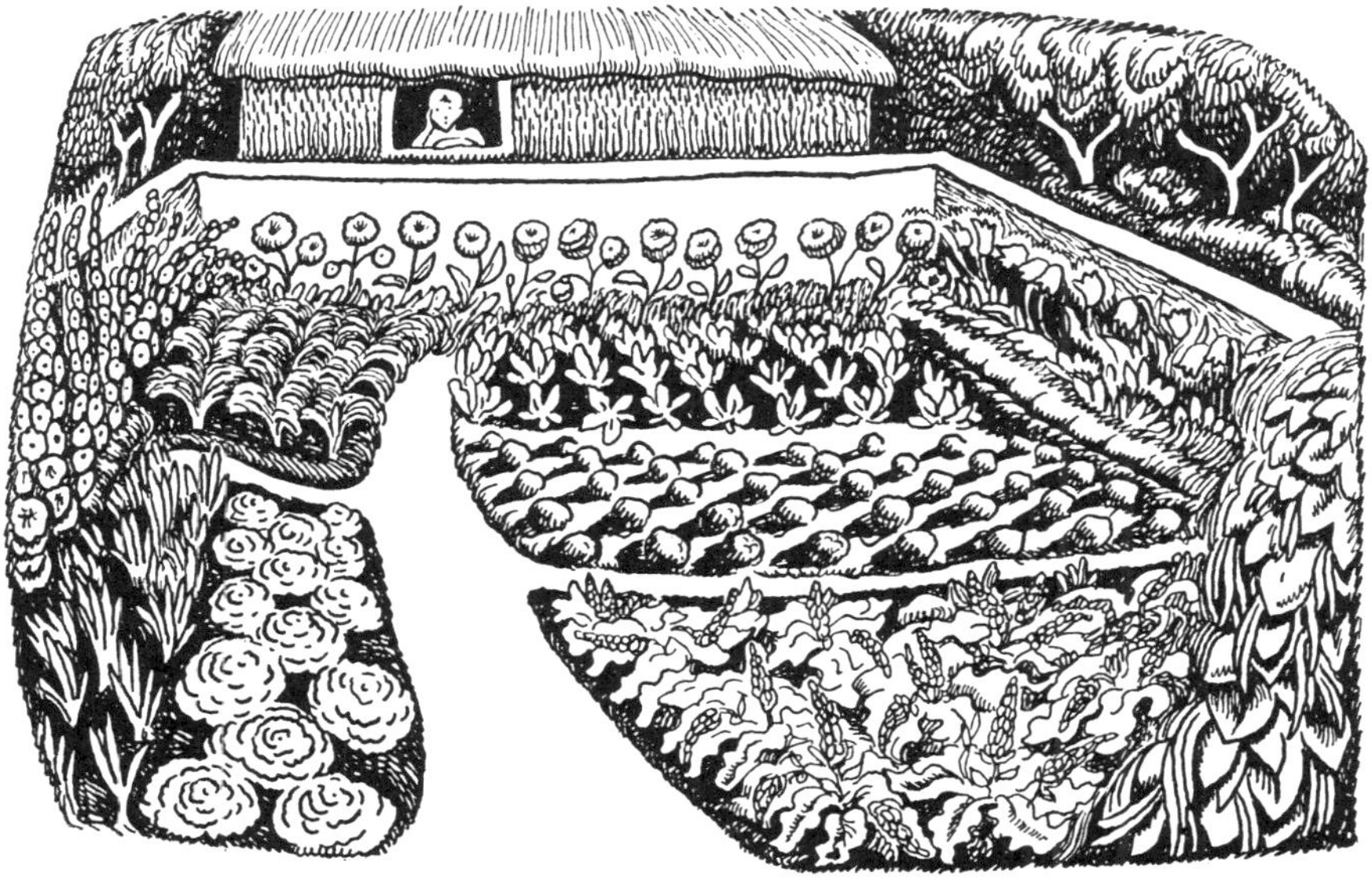

わたし、あのゴッテルばあさんの畑《はたけ》にあるランピヨンが、食べたくて食べたくてたまらなくなってね、あれを食べないと、死《し》んでしまうような気がするんだよ。」

これを聞いて、男はひどくおどろきました。男は、妻《つま》をふかく愛《あい》していましたから、「こいつを死《し》なせるくらいなら、どんなにあぶなくても、どんなにたかくついても、あのランピヨンをとってきてやるぞ。」と、心をきめました。

そこで、その晩《ばん》、あたりがくらくなると、たかい壁《かべ》をのりこえ、魔女《まじょ》の庭《にわ》にはいりました。そして、すばやく手にもてるだけのランピヨンをほりだして、待《ま》ちこがれているおかみさんのところにもっていきました。

　おかみさんは、とびあがらんばかりによろこんで、すぐさま大ざらいっぱいにサラダをこしらえて、おいしそうに食べました。むさぼるようにといってもいい食べ方でした。

　じっさい、それがあんまりおいしかったので、これでまんぞくするどころか、この禁断《きんだん》の野菜《やさい》を食べたいという気もちは、前の三倍《ばい》にもふくらみました。サラダを食べたあとは、ほおもバラ色に、からだも元気になったのですが、何日かすると、また青ざめて、よわよわしくなってしまいました。

　こうなると、男としては、もういちど魔女《まじょ》の庭《にわ》にしのびこむほかありませんでした。そこで、前と同じように、くらくなってからでかけました。壁《かべ》をこえ、ランピヨンがうえてあるところに行って、株《かぶ》をひきぬこうと手をのばしたとたん、男はぎょっとして、その場にこおりつきました。目の前に、ゴッテルばあ

さん、その人が立っていたのです。

「ああ、ゴッテルおばあさん、」と、男はいいました。「どうかおゆるしください。わたしは、けっしてどろぼうではありません。こんなことをしたのは、いのちを救《すく》うためです。家内《かない》が、あそこの窓《まど》から、あなたのランピヨンを見て、どういうわけか、それを食べずにはいられないといいだしたのです。そのようすがただごとではなかったので、食べさせなかったら、家内《かない》が死《し》んでしまうのではないかとおそろしくなって……。」

これを聞くと、魔女《まじょ》は、ちょっと心をやわらげたようでした。

「もしも、おまえのいうとおりなら、おかみさんをもういちど元気にするのにひつようなだけ、いくらでもランピヨンをもっていくがいい。ただし、ひとつだけ条件《じょうけん》がある。おまえにさいしょの子どもが生まれたら、その子をわしによこすのだ。けっして子どもをきずつけたりはせぬ。母親のようによくめんどうをみてやるよ。」

男は、あんまり動転《どうてん》していたので、自分でも何をしているかわからず、おびえきったまま、このおそろしい約束《やくそく》をしてしまいました。

このことがあってからまもなく、おかみさんは、うつくしい女の赤んぼうを生み、母親となりました。ところが、いくらもたたないうちにゴッテルばあさんがやってきて、男との約束《やくそく》どおり、子どもは自分のものだといいました。おかみさんのなみだも、男の懇願《こんがん》も、魔女《まじょ》の心をかえることはできませんでした。魔女《まじょ》は、ゆりかごから赤んぼうをだきあげ、つれさってしまいました。

魔女《まじょ》は、その女の子にラプンツェルという名をつけました。おかみさんが食べなければ死《し》ぬといい、男がぬすみにきた、あのさわぎのもとになった野菜《やさい》にちなんでつけた名まえでした。

ラプンツェルは、あどけない、うつくしい子どもでした。髪《かみ》の毛《け》は、まるで金をつむいだようにふさふさとたれていました。ラプンツェルが十二になったとき、魔女《まじょ》は、むすめを遠くはなれた森へつれていき、たかい塔《とう》の中にとじこめました。その塔《とう》には、ドアもなければ、階段《かいだん》もなく、ただてっぺんに、小さな窓《まど》がひとつあいているきりでした。ゴッテルばあさんがむすめをたずねてくるときは、窓《まど》の下に立って、こう呼《よ》びかけました。

ラプンツェル、ラプンツェル、
おまえの髪《かみ》をたらしておくれ。

これを聞くとすぐ、ラプンツェルは、あみあげた長いおさげを手にもって、窓《まど》の外にあるとめ金《がね》に一、二かいまきつけたあと、地面《じめん》にむけて、二十エルも下にたらしました。これがはしごになって、魔女《まじょ》は、塔《とう》のてっぺんにある窓《まど》にたどりつくのでした。

こんなふうにして何年かすぎました。ラプンツェルは、世間《せけん》から遠ざけられ、たかい塔《とう》の中にとじこめられて、ほんとうにひとりぼっちでした。

ある日のこと、ひとりの若《わか》い王子が馬にのって、この森をとおりかかりました。すると、遠くから、かすかな歌声が聞こえてきました。声の主《ぬし》は、ラプンツェルでした。ラプンツェルが、ひとりでいるさびしさをまぎらわすためにうたっている、あまく、うつくしい歌声だったのです。

王子は、声のあとをたどっていきました。でも、たどりついたところには、人をよせつけないような、たかい塔《とう》がたっているだけでした。王子は、なんとかしてこのふしぎな歌い手をひと目見たいと思い、入り口をさがしましたが、ドアも、階段《かいだん》も見つかりませんでした。てっぺんに小さな窓《まど》がひとつあるのは見えましたが、どうやったらそこへ行けるのか、わかりません。その日はやっとあきらめて、馬で立ちさりましたが、ラプンツェルのうつくしい歌に、それはふかく心をうごかされたので、その日から、毎晩《まいばん》、毎晩《まいばん》、塔《とう》にやってきて、その歌声に耳をかたむけるようになりました。
あるとき、王子が、いつものように、木かげにこっそりと身《み》をかくして、たたずんでいると、なんともいやらしいばあさんがひとり、ひょこひょこやってくるのが見えました。それはゴッテルばあさんでした。ばあさんは、塔《とう》の下で立ちどまると、こう呼《よ》びかけました。

ラプンツェル、ラプンツェル、
おまえの髪《かみ》をたらしておくれ。

すると、窓《まど》から、金色にかがやく二本のおさげが、すべるようにおちてきました。年よりばあさんは、それにつかまって、上へ、上へとのぼっていき、やがて塔《とう》の窓《まど》の中にすがたを消《け》しました。
「そうか！」と、王子はつぶやきました。「もし、あれがうたう小鳥の巣《す》へ行くはしごなら、ぼくも、いつか運《うん》だめしをしてみよう。」
つぎの日の夕暮《ゆうぐ》れ、王子は塔《とう》へやってきてその下に立ち、こう呼《よ》びかけてみました。

ラプンツェル、ラプンツェル、
おまえの髪《かみ》をたらしておくれ。

たちまち、ふさふさしたすばらしい髪《かみ》の毛《け》がおりてきました。王子はその絹《きぬ》のような金のはしごをのぼっていき、てっぺんにある小さな窓《まど》をくぐって中におりたちました。
ラプンツェルは、これまで男の人というものを見たことがありませんでした。ですから、さいしょ、このうつくしい若者《わかもの》が窓《まど》からはいってくるのを見たときは、ひどくおどろきました。けれども、王子は、親切そうな目でラプンツェルを見つめ、やさしい声でいいました。

「こわがらないでください。あなたのうつくしいお声を耳にして、ふかく心をうたれたので、どうしてもお顔を見ずにはいられなかったのです。」

これを聞いて、ラプンツェルのおそれは消《き》え、ふたりは、しばらくのあいだ、たのしくおしゃべりをしました。そのあと、王子はいいました。

「ぼくをあなたの夫《おっと》にして、いっしょにきてくれますか？」

はじめのうち、ラプンツェルは、ためらいました。けれども、この若者《わかもの》は見ているだけでたのしくなるような人でしたし、それに、やさしくて善良《ぜんりょう》に見えたので、こう考えました。

「この人は、きっとゴッテル母さんより、もっとわたしに親切にしてくれるにちがいないわ。」

そこで、ラプンツェルは、その小さな手を、王子の手の中において、いいました。

「ええ、よろこんであなたといっしょにまいります。でも、どうやったらここからでられるかわかりません。もし、あなたが毎日きてくださって、そのたびに絹糸《きぬいと》を一かせずつもってきてくださったら、わたし、それで長いじょうぶなはしごをあみますわ。それができあがったら、はしごをつたって下へおります。そしたら、わたしを馬にのせて、ここからつれだしてください。でも、」と、むすめはつけくわえました。「いらっしゃるのは、夜だけにしてくださいね。昼間は、いつもあの年よりの魔女《まじょ》ばあさんがきますから。」

それからあと、王子は毎日やってきて、絹糸《きぬいと》をとどけました。はしごは、どんどん長く、じょうぶになっていき、もう少しでできあがるところまできました。年よりの魔女《まじょ》は、何も気がついていませんでした。ところがある日、ラプンツェルがついうっかりして、こういってしまったのです。

「どうしてなの、ゴッテル母さん、母さんは、ここまであがってくるのに、ずいぶん時間がかかるのね。王子さまは、あっというまにあがっていらっしゃるのに――あら！」

「なんだと？」と、魔女《まじょ》はさけびました。

「いえ、なんでもない、なんでもないわ。」

かわいそうに、ラプンツェルの頭は、すっかりこんぐらかってしまいました。

「この、わるい、わるいむすめが！」と、魔女《まじょ》は、おこってさけびました。「なんということをいうんだ？　わしは用心して、おまえを世間《せけん》からすっかりかくしていたと思っていたのに。今までわしをだましていたというのか！」

いかりくるった魔女《まじょ》は、ラプンツェルの金の髪《かみ》の毛《け》をひっつかみ、左手に一、二回まきつけてから、右手にはさみをつかんで、しゃきしゃき、じょきじょきと切りました。うつくしい三つあみは、床《ゆか》におちました。このあと、魔女《まじょ》は、なさけようしゃなくラプンツェルをひったてて、すむ人もない、あれはてた土地につれていきました。かわいそうに、むすめは、そこで不自由《ふじゆう》とかなしみにたえ、なんとか生きていかなければなりませんでした。

ラプンツェルが追《お》いはらわれたちょうどその日、おいぼれ魔女《まじょ》は、ラプンツェルのきっちりあんだおさげを窓《まど》のとめ金《がね》にかけました。それから、塔《とう》にすわって待《ま》っていました。王子が絹糸《きぬいと》をもってあらわれ、いつものように、

ラプンツェル、ラプンツェル、
おまえの髪《かみ》をたらしておくれ。

と、呼《よ》びかけたとき、ゴッテルばあさんは、すばやく、おさげをおろしました。王子は、いつものようにのぼっていきました。ところが、なんとしたこと！上で待《ま》っていたのは、いとしいラプンツェルではなく、おそろしい魔女《まじょ》でした。魔女《まじょ》は、いかりにみちた、毒《どく》のある目つきで王子をにらみつけました。

「あはァ、」と、魔女《まじょ》は、ばかにしたようにいいました。「おまえさん、いとし

い花よめをつれにおいでかい。ふん、きれいな小鳥は、もう巣《す》にゃいないよ。もううたうこともないだろうさ。ねこがさらっていったのさ。そして、その同じねこが、しまいには、おまえの目をひっかきだすだろうさ。ラプンツェルは、もういない。二どとあの子を見ることはないだろうさ。」

王子は、かなしみのあまり、われをわすれ、絶望《ぜつぼう》して、塔《とう》の窓《まど》から身《み》をなげました。いのちはたすかりましたが、おちたところがイバラのやぶだったので、とげに刺《さ》されて目が見えなくなりました。

さて、王子は、目の見えぬまま、あちらこちらとさまよい歩きました。食べるのは、木の根《ね》と木の実《み》だけ。できることといえば、愛《あい》する妻《つま》をうしなったことをなげき、かなしむことだけでした。

こんなふうにして、王子は、まる一年、この上なくみじめな気もちで、さまよい歩きました。そして、とうとう、ぐうぜんにもラプンツェルが追《お》いやられた荒《あ》れ地《ち》にやってきました。ラプンツェルは、ここで、なげき、くるしみながらくらしていたのです、そのあいだに生まれたふたごの赤んぼう――男の子と女の子――といっしょに。

　さまよい歩く王子の耳に、うつくしい、けれども、ものがなしい歌声が聞こえてきました。その声に聞きおぼえがあったので、王子は、いそいで声のするほうに、近づいていきました。

　ラプンツェルは、王子を見つけ、そのうでに身《み》をなげて、うれし泣《な》きに泣《な》きました。そのなみだがふたしずく、王子の目におちました――とたんに目はなおり、前とかわらず見えるようになりました。

　今では、ふたりは、ほんとうにしあわせでした！　王子は、「ぼくのうたう小鳥」と呼《よ》ぶラプンツェルと、小さなふたごをつれ、ともどもに、自分の王国へと馬をすすめました。そして、そこで、みんなそろって、何年も何年も、しあわせにくらしました。

三人兄弟
きょうだい

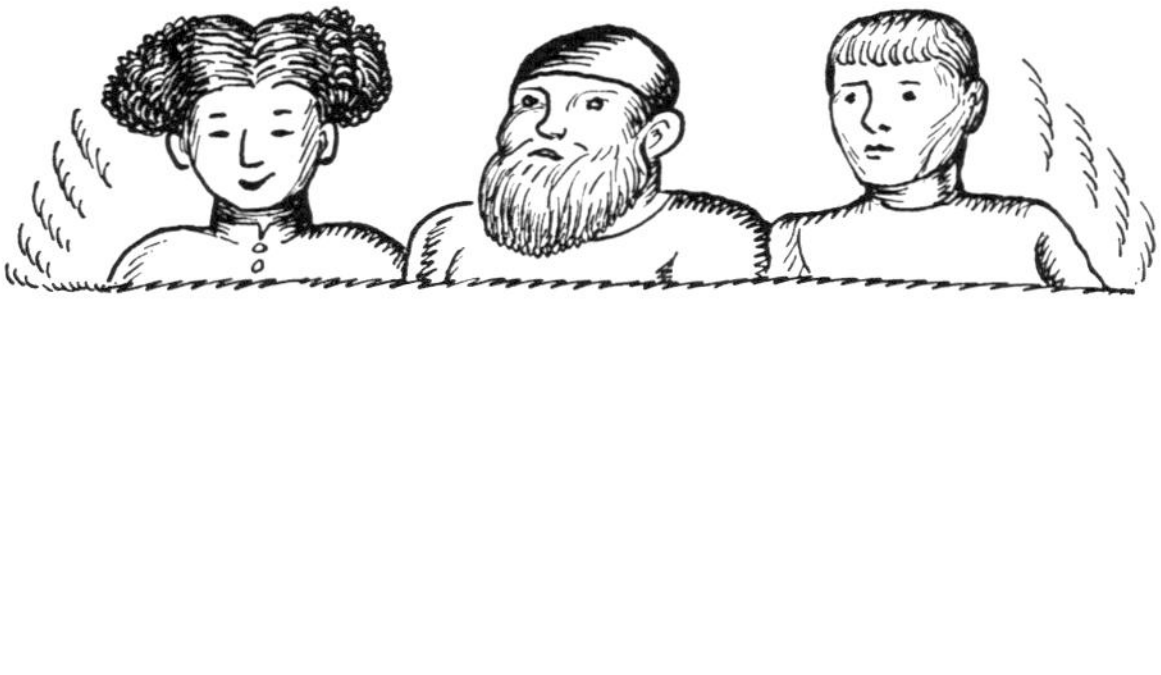

ある男に三人のむすこがいて、このむすこたちを三人とも、とてもかわいがっていました。男は金はもっていませんでしたが、すんでいる家はりっぱなものでした。

「この家を、どのむすこにのこしたらいいだろう？」と、男は考えました。「三人ともこれまでずうっとよいむすこだったし、どこから見ても公平《こうへい》にしたいからなあ。」

いちばんかんたんなのは、家を売って、そのお金を三人にわけることだと思うでしょう？　かんたんといえばかんたんですが、だれもそうしたくはありませんでした。この家は、代々《だいだい》この家族《かぞく》のもので、三人の男の子たちだけでなく、この子たちの父親も、じいちゃんも、ひいじいちゃんも、みんなこの家で生まれ、死《し》ぬまでこの家でくらしたのです。これこそわが家《や》でした。家族《かぞく》は、この家のことなら、どの部屋《へや》も、どの窓《まど》も、どんなすみっこやすきまも知っていて、気にいっていました。これを見ず知らずの他人《たにん》に売るなんて、とてもできません。どうすればよいか、男はよくよく考えて、ある方法《ほうほう》を思いつきました。

男は、三人のむすこを呼《よ》びあつめていいました。

「家のことだが、わしは、こうすることにきめた。おまえたちみんな、世《よ》の中《なか》へでていくんだ。そして、めいめいひとつ、心にかなう職《しょく》をえらんで、その技《わざ》をしっかりと身《み》につける。一年たったら、ここでおちあって、いちばんうまく技《わざ》を身《み》につけた者《もの》が、この家をつぐ。そうやってきめていいかね？」

「いいです。」と、むすこたちはいいました。「それなら、だれももんくはありません。」

そこで、いちばん年上のむすこはいいました。

「おれは、鍛冶屋《かじや》になろうと思う。それが、おれのいちばんすきな仕事《しごと》だから。」

「そして、おれは、」と、二番目のむすこはいいました。「前々からずーっと床《とこ》

屋《や》になりたいと思っていたんだ。だから、床屋《とこや》を目ざす。」

「そして、おれは、」と、三番目はいいました。「何よりも、りっぱな剣《けん》のつかい手になりたいんだ。」

そこで三人は、決《き》められた日にもどってくることを約束《やくそく》して、それぞれべつべつの道を行きました。そして、うまいぐあいに、三人ともりっぱな師匠《ししょう》にめぐりあい、とびきり高度《こうど》な技《わざ》を教えてもらいました。

いちばん上のむすこは、とてもでのいい鍛冶屋《かじや》になり、ほどなく王さまにやとわれて、王さまの馬の蹄鉄《ていてつ》をつくるまでになりました。

「さあて、と、」と、むすこはいいました。「こうなりゃ、おれが勝負《しょうぶ》に勝《か》てないわけがない。家は、まちがいなくおれのものだな。」

床屋《とこや》になったむすこは、りっぱに技《わざ》を身《み》につけて、ほどなく、領主《りょうしゅ》や、伯爵《はくしゃく》や、侯爵《こうしゃく》など、あらゆるおえらがたのひげをそるようになりました。

「ようし、よし、」と、むすこはいいました。「こいつは、はじまりとしちゃ、わるくないぞ。今となれば、家は、おれのものになったもどうぜんだ。」

いちばん年下のむすこは、剣《けん》の修行《しゅぎょう》のとちゅうで、なんどもいたい目にあいました。それでも、けっしてひるまず、弱音《よわね》もはきませんでした。

「そんなにかんたんにあきらめるようじゃ、家を手にいれることはできないぞ。」と、自分にいいきかせていたのです。

とうとう一年がたちました。むすこたちは、そろって父親の家に帰ってきました。どの子も、それぞれすばらしい技《わざ》を身《み》につけていましたが、それを証明《しょうめい》するいい手だてが見つかりません。そこで、みんなで家の前のベンチに腰《こし》かけて、どうしたらよいか話しあっていました。と、そこへ野原のむこうから、一ぴきのうさぎが走ってきました。

「おう、こいつは、おれが呼《よ》んだようなもんだ。」と、床屋《とこや》はいいました。

そして、うさぎが走ってくるあいだに、コップにせっけんをいれ、すばやくかきまわして泡《あわ》をたてると、うさぎが全速力《ぜんそくりょく》で目の前を走りぬけようとした瞬間《しゅんかん》、そのあごに泡《あわ》をぬり、ひげをそりあげました。でも、あごのさきには少しだけ毛をのこしておいてやりました。とんがったあごひげがあればかっこいいですからね。うさぎは、このあいだ、もうれつなはやさで走っていましたが、どこも切られたり、きずがついたりはしませんでした。

「これはなんと、」と、父親はいいました。「ほかの者《もの》が、

これよりうんとじょうずにやらなかったら、家はたしかにおまえのものだ。」

ちょうどそのとき、空中でぶーんという音がしました。鍛冶屋《かじや》が目をあげていいました。

「おや、ブヨじゃないか！　こいつは、おあつらえむき。」

そういうと、鍛冶屋《かじや》は、ブヨがぶんぶんとびまわっているあいだに、手ばやく仕事《しごと》をして、ブヨの足の一本一本に、小さな金の蹄鉄《ていてつ》をはめました。その蹄《てい》鉄《てつ》は、それぞれ二十七本のこまかいくぎでとめてありました。そのまも、ブヨはぶんぶんとびまわっていました。何もかも一瞬《いっしゅん》のできごとでした。

「こいつはほんものだ。」と、父親はいいました。「弟に負《ま》けぬ仕事《しごと》ぶり。これでは、どちらが家をつげばよいか、わしにはわからん。」

こうしているまに、空には黒い雲《くも》が広がり、ぽつぽつと雨がふりだしました。すると、いちばん末《すえ》のむすこがとびあがっていいました。

「これはこれは、ねがったりかなったりだ！　さあ、おれが身《み》につけた技《わざ》を見てもらおう。」

むすこは、みんなの前で立ちあがり、剣《けん》をぬきました。そして、頭の上で、十字《じゅうじ》を切るように剣《けん》をふりまわしました。あまりにもみごとにふりまわしたので、むすこ

の頭には、一てきの雨もおちませんでした。雨は、だんだんはげしくなりました。それでも、むすこは、目にもとまらぬはやさで、剣《けん》をふりまわしたので、一てきの雨もおちません。雨はいよいよはげしく、いよいよはやく、まるで空からたるいっぱいの水をぶちまけたようないきおいでおちてきました——が、剣《けん》は、くるりくるくると縦横無尽《じゅうおうむじん》にふりまわされ、さっさっ、びゅんびゅんと空《くう》を切ります。まわりは、何もかもずぶぬれでしたが、むすこは、屋根《やね》の下にでもいるように、少しもぬれていませんでした。

これを見た父親は、たまげていいました。

「なんとまあ、すごいはなれ業《わざ》をやってのけたものだ。こうなりゃ、家はおまえのものだ。」

そして、ふたりの兄さんたちは——もんくをいって、けんかになったと思いますか？　いいえ、ふたりは、この決定《けってい》にまんぞくしました。ふたりも、やっぱり末《すえ》のむすこがいちばんだと思ったからです。けれども、末《すえ》のむすこは、家を自分ひとりのものにしたいとは思いませんでした。兄さんたちといっしょにわけあったのです。ですから、みんなは、この家で、死《し》ぬまでいっしょに、しあわせにくらしました。

つむと杼《ひ》と縫《ぬ》い針《ばり》

ある村のはずれに、ひとりのみなしごの女の子が、名づけ親のお母さんといっしょにくらしていました。ふたりはびんぼうで、ちっぽけな小屋《こや》にすみ、糸をつむいだり、布《ぬの》を織《お》ったり、服《ふく》を縫《ぬ》ったりすることで、どうにかくらしをたてていました。

名づけ親のお母さんは、もう若《わか》くはありませんでした。一年、また一年とたつうちにどんどん年をとり、やがてはたらけなくなってしまいました。そして、しまいには、とうとう、もう長くは生きられないところにまできました。

そこで、お母さんは、まくらもとに女の子を呼《よ》んでいいました。

「かわいい子や、わたしは、いかねばなりません。わたしには、おまえにのこしてやれるお金はないけれど、この小さな小屋《こや》が、おまえを雨風やあらしからまもってくれるでしょう。それに、おまえには、つむと、杼《ひ》と、縫《ぬ》い針《ばり》もある。

この三つは、いつもおまえの友だちでいてくれて、パンとバターをかせぐのを助《たす》けてくれるだろうよ。」

お母さんがいなくなってしまったあと、女の子は、たったひとりで小屋《こや》にすみました。そして、これまでどおり、つむいだり、織《お》ったり、縫《ぬ》ったりしてはたらきつづけました。けっしてお金もちにはなりませんでしたけれども、どうにかびんぼう神《がみ》を戸口からしめだすことができました。

さて、このころ、たまたまあるすてきな王子が、花よめをさがして国じゅうをめぐり歩いていました。父親である王さまは、王子がびんぼうなむすめと結《けっ》婚《こん》することはゆるしませんでした。ところが、王子のほうは、金もちのむすめたちには気がないときていました。王子はいいました。

「もし、いちばんびんぼうで、同時にいちばん金もちのむすめが見つかったら——その人をぼくの花よめにしよう。」

ところが、王子は、そのうちに、だんだん気分がおちこんできました。というのも、「いちばんびんぼうでいちばん金もち」というくみあわせは、なかなか見つからなかったからです。王子は、それでもあきらめず、花よめをさがして、どこまでも、どこまでも旅《たび》していきました。

やがて、王子は、小さなみなしごのむすめのすむ村にたどりつきました。そして、いつもそうしているように、ここではだれがいちばんびんぼうで、だれがいちばん金もちか、とたずねました。すると、村人たちは、いちばん金もちのむすめ――身分《みぶん》のたかい、高慢《こうまん》で、いばり屋《や》のむすめ――の名を教え、いちばんびんぼうなのは、村からずっと遠くはなれた小さな小屋《こや》にすむみなしごだといいました。

金もちのむすめは、すてきな王子が村にやってきたと知るやいなや、一張羅《いっちょうら》をきこんで、戸口に立って待《ま》ちうけました。そして、王子が近づいてくるのを見ると、気どった足どりで、王子の前まで歩いていき、ふかぶかとおじぎをしました。

王子は、ちらっとむすめを見ただけで、そのままひとこともいわずに馬をすすめました。

「あの子は美人《びじん》だし、たぶんお金もあるだろう。」と、王子は自分にいいきかせました。「だが、金もちで同時にびんぼうではない。いや、ちがう。あのむすめじゃない。」

王子が、村のいちばんはずれにある小さな小屋《こや》についたとき、あたりには、むすめのすがたはありませんでした。王子は、馬をとめて、あいている窓《まど》から中をのぞきました。

すると、朝のまばゆい光の中に、ひとりのむすめがすわっていて、くるくる、くるくる、くるくる……と糸車《いとぐるま》をまわしていました。しばらくして、むすめはふと目をあげました。そして、窓《まど》から、やさしそうな、うつくしい若者《わかもの》が顔をのぞかせているのを見ると、ぱっとほおをそめ、目をふせて、まるで、これに自分の若《わか》い人生がかかっている、とでもいうように、せっせと糸をつむぎつづけました。

むすめは、すっかりのぼせあがってしまって、糸の太さがむらになっているかどうかさえわかりませんでした。はずかしくて、はずかしくて、もういちど目をあげることなどとてもできません。ただただ、糸をつむぎつづけているうちに、王子は行ってしまいました。

王子が行ってしまうと、むすめは、つまさきでそうっと歩いて窓《まど》のところへ行き、王子のぼうしについているしゃれた白い羽根《はね》が、遠くの青い色の中で、ぼやけて見えなくなるまで、ずっと目であとを追《お》っていました。

糸車《いとぐるま》のところにもどって、もういちど糸をつむごうとしたとき、むすめは、なんともいえない、しあわせな気もちになりました。心がはずみ、自分でもよくわからないままに、ずっとむかし、やさしい名づけ親のお母さんが教えてくれた、みじかい歌をうたいはじめていました。

つむよ、つむよ、おどれよ、おどれ、
おどりまわって、つれてきておくれ、
わたしの愛《あい》する人を、わたしの家まで。

するとおどろいたことに、つむは命令《めいれい》にしたがいました！　ぽんとはねて、むすめの手からはなれると、戸口から外へとんでいってしまったのです。むすめがびっくりしてとびあがり、あっけにとられて見ていると、つむは、たのしそうにおどりながら牧場《まきば》をこえてゆきました。きらきら光る金色の糸をうしろになびかせながら。やがて、そのすがたは、遠くの青い色の中に消えてしまい、もう見ることはできなくなりました。

つむがなくなって、糸つむぎはおしまいになりました。そこで、むすめは、かわりに杼《ひ》をとりあげて、機織《はたお》りをはじめました。

このあいだに、つむは、おどったり、はねたりしながら、うしろから何かが追《お》いかけてくるとは思ってもいない王子のあとを追《お》いかけ、とうとう追《お》いつきました。王子は、おどろいてつむを見つめました。

「これはいったいなんだ？」と、王子はさけびました。「このつむは、もしかしたら、ぼくをどこかへつれていくつもりなのだろうか？　よし、糸のあとについていって、何がおこるか見てみよう。」

王子は、馬のむきをかえ、糸のあとについていきました。

もちろん、むすめは、そんなことは少しも知りません。すわって、せっせと機織《はたお》りをつづけていました。気分は、まだたのしくて、うきうきしています。そのうち、なぜだかわからないままに、やさしい名づけ親のお母さんが教えてくれた古い歌の、二番をうたっていました。

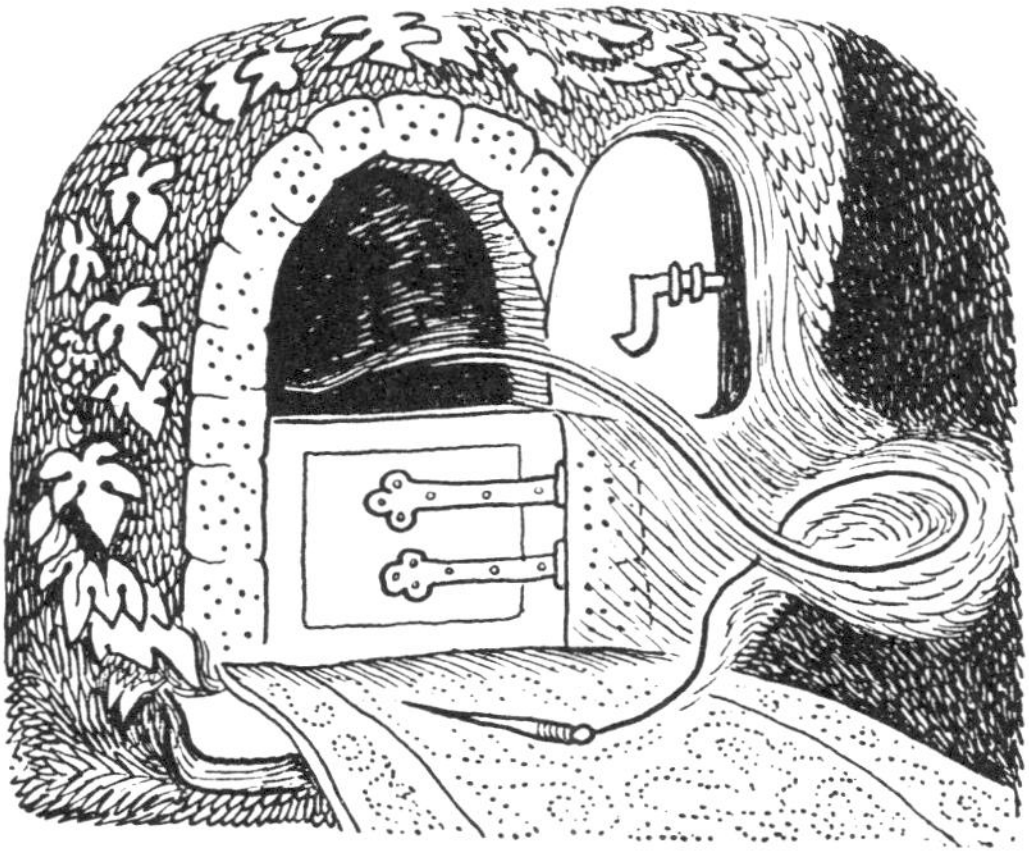

杼《ひ》よ、杼《ひ》よ、織《お》るの。
織《お》って、織《お》って、織《お》りぬいて、
つれもどしておくれ、
わたしの愛《あい》する人を、
今すぐ、ここへ。

とつぜん、杼《ひ》は、ぽんとはねてむすめの指《ゆび》からはなれ、さーっととんでいってしまいました。あっというまのことで、どこへ行ったのかはわかりませんでした。

杼《ひ》は、ドアを矢《や》のようにつきぬけると、戸口の段《だん》だんの上におち、そこで、ひとりで、ほそ長いじゅうたんを織《お》りはじめました。それは、なんともみごとなうつくしいものでした。両側《りょうがわ》には、バラとユリのふちかざりがついていて、まんなかには、金の地に緑のつるもようが織《お》りだされていました。そのところどころに、うさぎが走っていたり、大きく目を見ひらいた鹿《しか》が葉《は》のかげからのぞいていたり、枝《えだ》の上に、目のさめるような色の小鳥がとまっていたりしました。鳥たちは、あまりにもいきいきしてたのしそうでしたから、今にもうたいだすのではないかと思われました。何もかもが、ひとりでにできあがっていくようでした。

行ったり、きたり、杼《ひ》はとびはねました。その動きにつれて、ふしぎが織《お》りだされていきます。そのあいだにも、じゅうたんは、どんどん、どんどん長くのびていきました。

むすめは、こんなことは何ひとつ知りませんでした。でも、杼《ひ》がなくなってしまったので、こんどはすわって、かわりに縫《ぬ》いものをはじめました。まだふしぎな、しあわせな気分でしたので、心に歌がうかびました。そして、自分でも気がつかないうちに、大きな声でうたっていました。

針《はり》よ、針《はり》よ、
するどくて　すばらしい縫《ぬ》い針《ばり》よ、
かたづけて　きれいにしておくれ、
わたしの　この家を。

その瞬間《しゅんかん》、縫《ぬ》い針《ばり》は、むすめの指《ゆび》からとんで、部屋《へや》の中をとびまわりはじめました。あっちへこっちへ、行ったりきたり、でたりはいったり。それは、まるで妖精《ようせい》の指《ゆび》が仕事《しごと》をしているようでした。おどろいて見ているむすめの目の前で、家じゅうのものが魔法《まほう》のようにかわっていきました。どこからともなくごうかな緑のカバーがあらわれて、テーブルや、ベンチや、ベッドの上にかぶさりました。すきとおったカーテンが窓《まど》にかかり、ひらひらと、かろやかに風にゆれました。いすは、とつぜんやわらかなビロードにかわりました。むきだ

しの床《ゆか》には、ひとりでに、かがやくばかりに赤い、ふかふかのじゅうたんが広がりました。

むすめは、あまりのふしぎさに心をうばわれて、ただただ目を大きく見ひらいて見ているしかありませんでした。縫《ぬ》い針《ばり》がさいごのひと針《はり》をさしおえるのとほとんど同時に、窓《まど》からちらっと何かが見え、むすめの心臓《しんぞう》はどきっとしました。

窓《まど》から見えたのは、遠くにあるかすかな白いぼんやりしたものでした。それが、あがったり、さがったりしながら、だんだん近づいてくるのです。近づくにつれて、どんどんはっきり見えてきました。それは、馬にのった王子でした。王子は、つむからのびる金色に光る糸に案内《あんない》されて、戸口のすぐ前までやってきました。

王子は、そこで馬からとびおりました。そして、今や、すばらしいじゅうたんの上を歩いてきます――どうしてそこにそんなじゅうたんがあるのか、むすめにはわかりませんでした。杼《ひ》は、傑作《けっさく》を完成《かんせい》したあと、つつましく戸口の段《だん》だんのところによこになっていたからです。

戸口に立った王子は、目の前に見えているものにすっかり心をうばわれました。若《わか》いむすめは、そまつな服《ふく》をきて立っていました。でも、むすめの何もかもが、やぶの中の一輪《いちりん》のバラのようにかがやいていました。

「ああ、とうとう見つけた！」と、王子はさけびました。「そう、きみはびんぼうだ。でも、金もちでもある――たくさんのものにめぐまれているのだから。さあ、わたしといっしょにきておくれ、いとしい人、なぜなら、きみは、わたしの花よめになるのだから。」

むすめは、バラのようにまっ赤《か》になりました。ひとことも口にはしませんでしたが、そっと小さな手をさしのべました。みなしごだったむすめは、今、とても、とてもしあわせでした。王子は、むすめをつれて、父親の城《しろ》にもどり、むすめを国の王女にしました。

ところで、あの大切な友だちであるつむと杼《ひ》と縫《ぬ》い針《ばり》は、どうなったでしょう？　この三つの道具《どうぐ》は、ほうっておかれはしませんでした。王室の宝物殿《ほうもつでん》におさめられ、ちゃんと居場所《いばしょ》をあたえられたのです。それからというもの、宝《ほう》物殿《もつでん》には、おおぜいの人々がやってきて、王子を呼《よ》びもどしたつむと、戸口までつれてきた杼《ひ》と、まずしいむすめの小屋《こや》を宮殿《きゅうでん》にかえた縫《ぬ》い針《ばり》を見物《けんぶつ》したのでした。

なんでもわかる医《い》者《しゃ》先生

むかし、あるところに、ひとりのお百姓《ひゃくしょう》がいて、この人は、ひどくびんぼうでした。この世《よ》でもっている財産《ざいさん》といえば、わずかばかりの土地――それも畑《はたけ》でなく森――と、車輪《しゃりん》が二つついた荷車《にぐるま》が一台、それに、それを引っぱる牡牛《おうし》が二頭だけでした。ときどき、お百姓《ひゃくしょう》は自分の森の木を何本か切りたおして丸《まる》太《た》にし、荷車《にぐるま》にのせて町へはこんでいきました。そして、もし、運《うん》がよくて、だれか買い手が見つかったら、それを一台分二ドルで売りました。

ある日のこと、このお百姓《ひゃくしょう》フィッシュどんは（フィッシュというのは、魚という意味《いみ》ですが、それがこの人の名まえだったのです）、牡牛《おうし》にひかせた荷車《にぐるま》に、たきぎにする丸太《まるた》を山とつんで町に行き、それをあるお医者《いしゃ》の先生に売りました。代金《だいきん》の二ドルをもらおうと、玄関《げんかん》に立って待《ま》っていると、なんともおいしそうなごちそうのにおいがぷーんとただよってきて、鼻《はな》のあなをくすぐりました。ドアのすきまからそっと見てみると、テーブルの上には、お医者《いしゃ》の昼ごはんがならんでいました。どれもほかほかと湯気《ゆげ》をたてていて、すぐにも食べられるようになっています。スープ、肉のロースト、しるけたっぷりの野菜《やさい》、白ざとうをまぶしたケーキ、あまくておいしそうなくだもののもりあわせ、どれもお百姓《ひゃくしょう》がこれまで目にしたこともないようなものばかりでした。

「あーあ！」かわいそうに、このびんぼうな百姓男《ひゃくしょうおとこ》はいいました。「おれも医者《いしゃ》でありさえすれば、あんなごうせいな食事《しょくじ》ができるのになあ。」

これが引《ひ》き金《がね》になって、男はあれこれ考えはじめました。お医者《いしゃ》の先生が二ドルくれたあとも、すぐには帰らず、

玄関口《げんかんぐち》で、ぼうしをあっちへまわしたり、こっちへまわしたりして、ぐずぐずしていたあげく、とうとう思いきって、自分も勉強《べんきょう》すれば、医者《いしゃ》になれるだろうか、と、ききました。

「なれるともさ！」と、医者先生《いしゃせんせい》はいいました。「かんたんだよ。」

「じゃあ、どうすればいいんですかい？」と、フィッシュどんはききました。

「まず手はじめに、」と、医者先生《いしゃせんせい》はいいました。「二頭の牡牛《おうし》と、荷車《にぐるま》を売りなさい。その金で、りっぱな服《ふく》を買わなきゃいけませんな。それに、くすりのびんもいくつかね。こなぐすりに水ぐすり、のみぐすりにさしぐすり、丸薬《がんやく》に膏薬《こうやく》、そんなものをいろいろそろえるんです。つぎに、本を一さつ手にいれることだ――よくあるABC《エイビーシー》の本でいい、中にオンドリの絵がついているやつをね。それから、いちばんおしまいに、『当方《とうほう》なんでもわかる医者《いしゃ》です』と、書いたペンキの看板《かんばん》を手にいれて、それを玄関《げんかん》の戸にくぎでうちつけておくとよろしい。」

フィッシュどんは、ぜんぶこのとおりにしました。戸には、あたらしくペンキをぬったばかりの看板《かんばん》がかかり、部屋《へや》には、棚《たな》ができて、その上には、くすりのびんがびっしりとならび、テーブルの上には、ABC《エイビーシー》の本がおかれました。当《とう》のフィッシュどんはといえば、あんまりりっぱでえらそうになったので、べつの人間になったような気がしました。鼻《はな》にかけためがね、長く尾《お》をひいた上着《うわぎ》、懐中時計《かいちゅうどけい》に、とんがったあごひげ……これだけそろうと、ほんとうに「なんでもわかる医者《いしゃ》先生」に見えました。

さて、こうして、もういつでも開業《かいぎょう》できるよういができましたが、一日、一日と日がすぎていっても、何ごともおこりませんでした。お医者《いしゃ》のフィッシュ

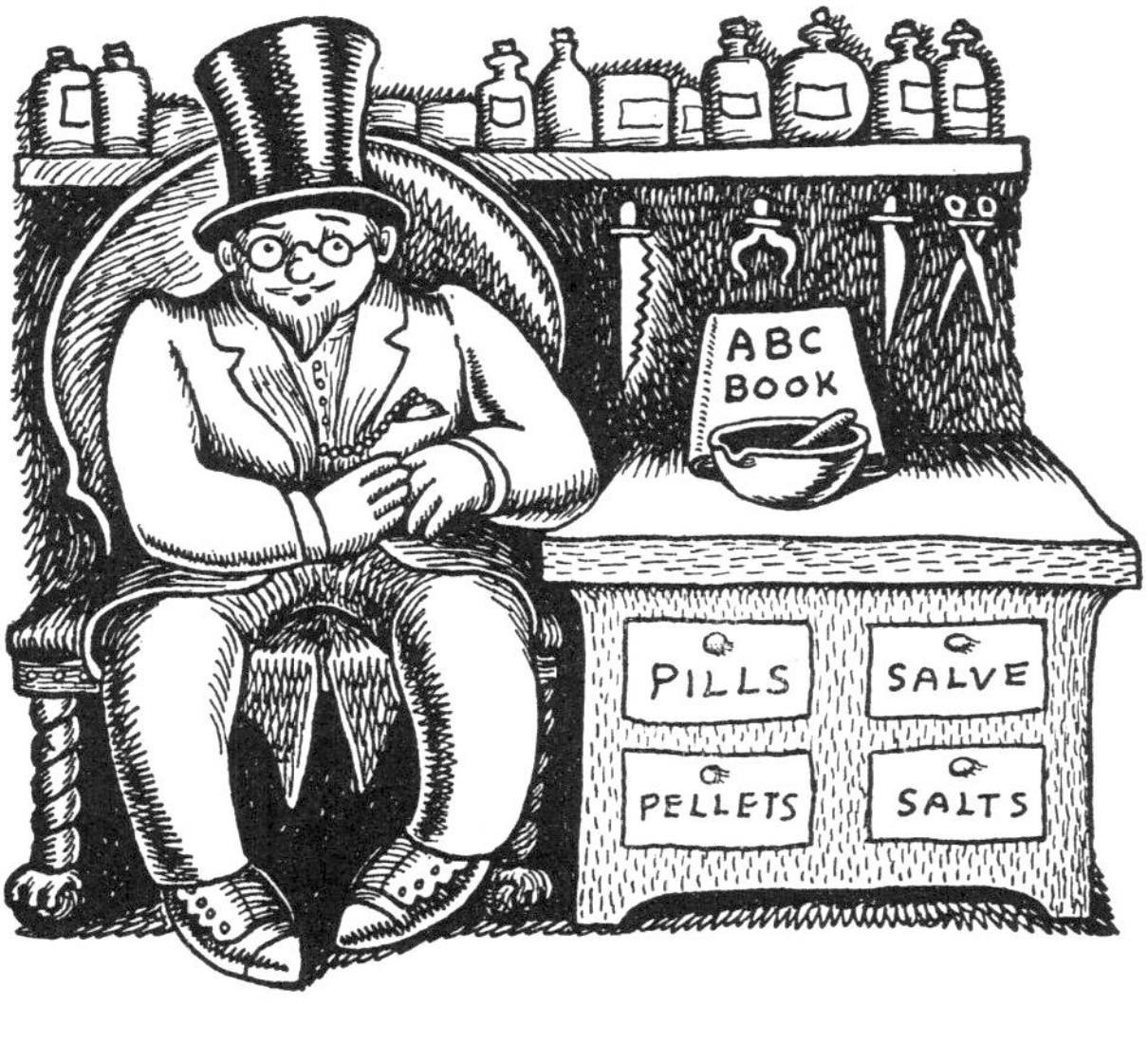

先生は、のみぐすりにぬりぐすり、丸薬《がんやく》に膏薬《こうやく》にうずまって、何ひとつすることがありませんでした。

ところが、ある日、とうとう、だれかやってきました。それは、ほかでもないとのさまでした。このとのさまは、大金をぬすまれたのです。とのさまは、「当方《とうほう》なんでもわかる医者《いしゃ》です」という看板《かんばん》を見たとき、思いました。

「これこそ、わたしがもとめていた男だ。もし、この男がほんとうに、なんでもわかるのなら、だれがわしの金をぬすんだか、きっとわかるにちがいない。」

そこで、とのさまは、家の戸をたたきました。フィッシュどんは、その音を聞くと、めがねをかけなおし、時計《とけい》につけたくさりをちょっと引っぱってから、山高帽《やまたかぼう》をかぶり、でも、またそれをぬいで、それから、ようやく戸をあけました。

「で、あんたが、なんでもわかる医者《いしゃ》先生なんだね。」と、金もちのとのさまはいいました。

「はい、さようです。」と、フィッシュどんはこたえました。

「ではひとつ、わしのぬすまれた金を見つけてもらいたい。」と、とのさまはいいました。「屋敷《やしき》までいっしょにきてくれるかね?」

「しょうちしました。」と、フィッシュどんはいいました。「ところで、その――家内《かない》のグレーテルも、いっしょに行ってかまいませんかな?」

「もちろんだとも。」と、とのさまはいいました。そこで一行《いっこう》は、とのさまの馬車にのりこみ、出発《しゅっぱつ》しました。

お屋敷《やしき》についたのは、ちょうど食事《しょくじ》どきでした。そこで、とのさまは、フィッシュどんとグレーテルに、いっしょに食事《しょくじ》をするようにすすめました。

みんなは、そろってテーブルにつきました。さいしょの召使《めしつか》いが、スープをもってはいってきたとき、フィッシュどんは、となりにいるおかみさんに、

「いいかい、グレーテル、こいつが一番目だよ。」と、いいました。

これは、何品かでてくる料理《りょうり》の一番目だよ、といったつもりでした。ところが、これを耳にはさんだ召使《めしつか》いは、これがとのさまのお金をぬすんだ一番目の

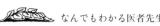

どろぼうだよ、といったのだと思いました。というのは、この召使《めしつか》いは、ほんとうにどろぼうのひとりだったからです。しんぱいになった召使《めしつか》いは、台所《だいどころ》にもどると、ほかの召使《めしつか》いたちにいいました。

「これはやばいことになるぜ。なんでもわかる医者《いしゃ》先生に、このへんをうろうろされたんじゃあな。考えてもみろ！　やつは、おれの顔を見るなり、かみさんに、おれが一番目のどろぼうだといったんだぜ。」

ほかの召使《めしつか》いたちは、たまげて息《いき》をのみました。そして、つぎの料理《りょうり》をはこぶようにとのベルが鳴ったとき、二番目の召使《めしつか》いは、ほとんど食堂《しょくどう》にはいっていく勇気《ゆうき》もないくらいでした。でも、だからといって、のがれるすべはありません。つぎの料理《りょうり》をはこぶのは、自分の番だったのですから。

二番目の召使《めしつか》いは、ほかほか湯気《ゆげ》のたつ料理《りょうり》をもってはいっていきました。つとめて何くわぬ顔をしようとしたのですが、それでも、フィッシュどんは、召使《めしつか》いを見るなり、おかみさんのほうへかがみこんで、

「ほらね、グレーテル、こいつが二番目だ。」と、ささやきました。

これが二番目の料理《りょうり》だよ、という意味《いみ》だったのですが、召使《めしつか》いのほうでは、てっきり自分のことをいわれていると思い、台所《だいどころ》へとんで帰りました。ひざはもうがくがくでした。

三番目の召使《めしつか》いが、もうひとつの料理《りょうり》をもってきたときも同じでした。フィッシュどんは、おかみさんをつついて、

「そして、これが三番目だよ、グレーテル。」と、いったのです。

これを聞いて、三番目の召使《めしつか》いの毛はさかだちました。召使《めしつか》いは、料理《りょうり》をテーブルの上におくと、大いそぎで台所《だいどころ》にかけもどりました。さいわい、とのさまは、なんにも気がついていませんでした。食事《しょくじ》のあいだじゅう、この「なんでもわかる医者先生《いしゃせんせい》」の実力《じつりょく》を、どうやったらためせるかと考えて、頭がいっぱいだったからです。そこで、とのさまはいいました。

「先生、これなる四番目の召使《めしつか》いは、ふたつきのさらをもってまいりました。

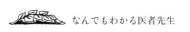

もし、先生が、なんでもわかるとおっしゃるのなら、このさらの中に何がはいっているかを、当《あ》てることがおできになるはずですね。」

かわいそうなお百姓《ひゃくしょう》のフィッシュどん！　どうして、さらの中に何がはいっているかなんて、わかるでしょう！　フィッシュどんは、ふたをしてあるおさらをじっと見て、またじーっと見ました。そして、もう逃《に》げ道《みち》はないとわかると、いいました。

「ああ、フィッシュ！　かわいそうに、おまえもこれまでか！」

ところが、運《うん》のいいことに、さらの中には揚《あ》げた魚がはいっていました。そこで、とのさまはさけびました。

「これはこれは、先生、当《あ》たりましたぞ！　これなら、わしのぬすまれた金も、さがしだしてくださるにちがいない。」

かわいそうなお百姓《ひゃくしょう》のフィッシュどん！　このにわか医者《いしゃ》先生は、まちがいなく進退《しんたい》きわまってしまいました。ところが、まだ何かいおうと脳《のう》みそをひっかきまわしているとき、ちょうど部屋《へや》をでていこうとしていた四番目の召使《めしつか》いが、意味《いみ》ありげに目くばせをしたのです。フィッシュどんは、「ちょっとしつれい。」といってテーブルをはなれ、召使《めしつか》いのあとについて台所《だいどころ》へ行きました。召使《めしつか》いは、ものすごくこわがっているようすでいいました。

「ああ、先生。先生は奥《おく》さんに、おれたちが、とのさまの金をぬすんだどろぼうだといわれました。それはほんとうです。でも、ぬすんだ金は、ぜんぶおかえしします。それとはべつに、先生にもお礼《れい》をします——もし、先生がおれたちのことはだまっていると約束《やくそく》してくださるなら。」

フィッシュどんは、召使《めしつか》いたちのひみつをまもると約束《やくそく》しました。そこで、どろぼうたちは、ぬすんだお金をどこにかくしてあるか、先生に教えました。

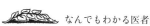

食堂《しょくどう》にもどってくると、フィッシュどんは、エヘンとせきばらいをして、あごひげをなでながらいいました。

「ふむ、ふむ！　で、あなたさまは、お金がどうなったか知りたいとおっしゃるんですな、とのさま。ふむ、ふむ！　さあて、さてと。それについては、わたしの本をしらべてみなくては。」

　フィッシュどんは、すわって、ひざの上でＡＢＣ《エイビーシー》の本をひらきました。それから、鼻《はな》にめがねをかけ、もったいぶった態度《たいど》で、オンドリの絵をさがしはじめました。そのあいだも、召使《めしつか》いたちは、この医者《いしゃ》がほんとうに約束《やくそく》をまもるのかどうか気になってしかたがありませんでした。そこで、五番目の召使《めしつか》いをこっそり部屋《へや》へしのびこませて、ようすをさぐらせることにしました。五番目の召使《めしつか》いは、つまさきでこっそり歩いていって、かまどの中にかくれました。

　こんなことがおこっているあいだも、お百姓《ひゃくしょう》のフィッシュどん、あるいは、「なんでもわかる医者先生《いしゃ》」（どっちでも、おすきなほうで呼《よ》んでくださってけっこう）は、まだＡＢＣ《エイビーシー》の本をひらいて、ページのあっちをくったり、こっちをくったりして、オンドリの絵をさがしていました。でも、どうしても見つからないのです。とうとう、かんしゃくをおこした先生は、大声でさけびました。

「この悪党《あくとう》め！　おまえが中にいることはわかってるんだ。今に見つけだしてやるからな。」

かまどの中にかくれていた召使《めしつか》いは、これは自分のことだと思いました。そして、

「うわぁー！　この男は、なんでもわかるんだー！」と、さけんで、かまどからとびだしました。

「なんでもわかる医者先生《いしゃせんせい》」は、ついにオンドリを見つけだし、にっこりわらってABC《エイビーシー》の本をとじました。そして、もういちどせきばらいをしていいました。

「ふむ、ふむ！　そうですな。さあて、さてと！　あなたさまのぬすまれたお金についていえばですな、とのさま、さっそくどこにあるか、ご案内《あんない》いたしましょう。」

フィッシュどんは、とのさまを、召使《めしつか》いたちがお金をかくしたところへつれていっていいました。

「いかがです、とのさま。お金はここに、一ペニーのこらずございますよ。」

とのさまは、大よろこびでした——実際《じっさい》、あんまりのぼせあがったので、その場で、金貨《きんか》をがばっと大きくひとつかみつかみとると、それをフィッシュどんの手におしつけていいました。

「でかしたぞ、先生。いや、じつにすばらしい。このご恩《おん》はいつまでもわすれません。わしが、先生の名声《めいせい》を津々浦々《つつうらうら》に広めますよ。」

そして、とのさまは、そのとおりにしました。それからというもの、「なんでもわかる医者先生《いしゃせんせい》」ことフィッシュどんと、そのよき妻《つま》グレーテルは、たいそうなお金もちになって、安楽《あんらく》にくらしました。いつもいつもおいしいごちそうをたっぷりと食べ、ときにはすばらしい馬車にのって、あちらこちらにでかけましたと。

雪《ゆき》白《しろ》とバラ紅《べに》

ある小さな小屋に、ひとりのまずしいやもめ女がすんでいました。小屋《こや》の前には、二本のバラの木がありました。女がその木を、それはそれはよく世話《せわ》をしたので、バラは、長い夏のあいだじゅう咲《さ》きつづけました。一本は白、もう一本は赤いバラでした。

女には子どもがふたりありました。どちらも女の子でした。このふたりは、庭《にわ》に咲《さ》くうつくしいバラを思いださせましたから、女は、ひとりを「雪白《ゆきしろ》」、もうひとりを「バラ紅《べに》」と呼《よ》んでいました。

バラ紅《べに》は、黒い髪《かみ》にバラのようなほおをした陽気《ようき》な子で、いつも元気いっぱい、野原や牧場《まきば》を走りまわってあそぶのが大すきでした。雪白《ゆきしろ》のほうは、亜麻色《あまいろ》の髪《かみ》をした、おとなしく、や

さしい子で、うちの中でお母さんの手つだいをしているときがいちばんしあわせ、というような子でした。

こんなふうに、ふたりはとてもちがっていましたが、大の仲《なか》よしで、おたがいを心から愛《あい》していました。雪白が、「わたしたち、ぜったいにはなればなれにならないでいましょうね。」というと、バラ紅《べに》は、「もちろんよ、ぜったいに。」と、こたえました。するど、ふたりのお母さんは、いつもこうつけくわえるのでした。「どちらかがもってるものは、なんであれ、もうひとりとわけあうんだよ。」きょうだいたちは、いつもそのことばをまもりました。

ふたりは、よく手に手をとって、森へ花や赤い実《み》をとりにいきました。森にすんでいる生きものたちは、みなふたりのことをよく知っていて、ふたりにわるさをするものはだれもいませんでした。子うさぎたちは、少しもこわがらないで、ふたりの手から緑の葉《は》を食べました。そのそばで、まんまるい目をした鹿《しか》が、ゆったりと草を食べていました。小鳥たちは、ふたりがくるとけっしてそばをはなれず、近くの枝《えだ》にとまって、知っているだけの歌をひとつのこらずうたいました。

ふたりの子どもたちは、ときには時間のことなどすっかりわすれて、森の中を歩きまわり、日がくれてしまうことがありました。そんなときには、ふたりは、やわらかなコケのベッドによこになって、朝までぐっすりとねむりました。ふたりともちっともこわいとは思いませんでしたし、お母さんも、ふたりのことをしんぱいしませんでした。なぜなら、親切な森の生きものたちが、ふたりをまもってくれることを知っていたからです。

小さな小屋《こや》では、女の子たちは、それぞれ仕事《しごと》をもっていました。夏のあいだは、バラ紅《べに》がうちの用をしました。バラ紅《べに》は、毎朝かならず日の出とともにおきだして、ほかのことをする前に、白と赤のバラを一本ずつつんで、お母さんのベッドのそばにかざりました。これが朝のあいさつでした。

冬には、雪白《ゆきしろ》がうちの用をしました。雪白《ゆきしろ》も朝はやくおきて、だんろに火をおこしてうちじゅうをあたたかくし、炉《ろ》にぴかぴか光るやかんをかけてお湯《ゆ》をわかしました。

夏の夕暮《ゆうぐ》れ、一日の仕事《しごと》がおわると、母親とむすめたちは、戸口にすわって、花や夕日をながめました。けれども、長い冬の夜、やわらかな雪《ゆき》が、ひらひらと音もなく、戸口やひさしのまわりでまうときには、この小さな家族《かぞく》は、だんろの火のそばに、いごこちよく身《み》をよせあってすわりました。

そして、母親は、ひざにのせた大きな古い本の中から、ふしぎな、魔法《まほう》の物語《ものがたり》を読み、ふたりのむすめたちは、そうっと糸つむぎをしながら、われをわすれてお話にききいりました。ふたりの足もとには、ペットにしている子羊《こひつじ》がうずくまり、ふたりのうしろにあるとまり木には、白いハトがとまっていました。ハトは、ゆらゆらゆれるとまり木の上で、頭をつばさの下にもぐらせ、あたたかさにつつまれてうとうとしていました。

ある晩《ばん》のこと、こんなふうに、みんながいっしょに、ゆったりと気もちよく

すごしているとき、だれかが戸をたたく音がしました。お母さんは、

「はやく、バラ紅《べに》、戸をあけておあげ。かわいそうに、きっと旅《たび》の人が、雪《ゆき》と風の中で、宿《やど》をさがしているにちがいない。」と、いいました。

バラ紅《べに》は、かんぬきをぬいて、戸をあけました。さいしょ、おもてに立っているのは年とった男の人かと思いました。でも、そうではありませんでした。台所《だいどころ》の戸から、大きな黒い頭をつきだして、ぬうっとすがたをあらわしたのは、くまでした。バラ紅《べに》は、うしろへとびのき、子羊《こひつじ》は、メェメェ鳴き、ハトは、とまり木の上で、つばさをばたばたさせました。雪白《ゆきしろ》は、お母さんのベッドのうしろにかくれました。

ところが、このくまは口をきくことができて、こういいました。

「こわがらないでください。あなたがたをきずつけたりはしません。わたしは、こごえかけています。からだがあたたまるまで、ちょっとのあいだ、中にいさせてください。」

「お気《き》の毒《どく》なくまさん！」と、母親はいいました。「火のそばへきて、よこにおなりなさい。でも、あなたの毛皮《けがわ》のコートをこがさないように気をつけてくださいね。」

さて、バラ紅《べに》と雪白《ゆきしろ》は前にでてきて、このとてつもなく大きい生きものを見つめました。子羊《こひつじ》や、ハトさえも、こわがらなくなって、もといた場所《ばしょ》におちつきました。くまは、まわりを見わたしていいました。

「子どもたち、きて、わたしの毛皮《けがわ》についた雪《ゆき》をはらいおとしておくれ。」

バラ紅《べに》と雪白《ゆきしろ》は、ほうきをとってきて、ブラシをかけるように、ていねいに雪《ゆき》をおとしてやりました。くまのほうでは、それがとても気もちよかったらしく、かけおわって、ごわごわした毛皮《けがわ》がすっかりきれいにかわくと、火のそばにながながとよこになって、まんぞくそうに、鼻《はな》を鳴らしました。

くまは、見たところとてもらんぼうそうで、声もうなり声でしたが、じつはとてもやさしい、気だてのいいくまでした。そこで、ふたりの女の子たちは、すぐにうちとけて、いっしょになって、たのしそうにはしゃぎだしました。ふたりは、くまをくすぐったり、からかったりしました。毛皮《けがわ》をくしゃくしゃにしたり、いっしょにころげまわったり、まるで相手《あいて》が大きな犬でもあるように、ふざけてあそびました。

また、あるときは、くまが床《ゆか》にねていると、広い背中《せなか》にしっかりと立って、くまのからだをごろんごろんところがしてみたり、おもしろ半分に、ハシバミのむちでくまのおしりをたたいたりしました。くまがひくい声でうなると、子どもたちはわらいました。なぜなら、本気でおこっているのではないとわかっていたからです――けれども、ふたりが調子《ちょうし》にのって、つよくたたきすぎると、くまは、

わたしのいのちを助《たす》けておくれ、雪白《ゆきしろ》や、バラ紅《べに》や。
死《し》んでしまった者《もの》は、けっして結婚《けっこん》できないよ。

と、いいました。

子どもたちは、くまがなんのことをいっているのかわかりませんでしたから、これを聞いても、ただわらっただけでした。でも、くまがこういったときは、たたくのをやめました。

ねる時間がきたとき、母親は、くまにいいました。

「あなたは、このまま、だんろのそばで休んでください。ここなら、夜じゅう、ずっとあたたかく、気もちよくすごせますよ。」

くまは、よろこんでそうしました。けれども、つぎの朝、雪白《ゆきしろ》が火をおこそうとおきてみると、くまは、雪白《ゆきしろ》に、外へだしてくれとたのみました。雪白《ゆきしろ》が戸をあけてやると、くまは、雪《ゆき》の中をのっしのっしと歩いて、森の奥《おく》ふかくへ消《き》えていきました。

このときから、くまは、毎晩《まいばん》同じ時刻《じこく》にやってくるようになりました。くると、だんろのそばによこになり、子どもたちが自分をころがそうと、毛《け》をくしゃくしゃにしようと、すき放題《ほうだい》にあそばせました。みんなは、今ではすっかりなれてしまって、この大きな黒い遊《あそ》び相手《あいて》がやってくるまで、戸にかんぬきをかけることさえしなくなりました。

春がやってきて、いろんなものが、ふたたびうつくしく緑になったころ、ある朝、くまは雪白《ゆきしろ》にいいました。

「さて、もうあなたがたみんなとおわかれしなければならない。夏がすぎ、秋もすぎてしまうまで、かえってはこないよ。」

「でも、どうして行ってしまうの？　どこへ行くの、大すきなくまさん？」と、雪白《ゆきしろ》はたずねました。

「わたしは、森へ行かねばならないのだよ。」と、くまはいいました。「そして、どろぼう小人《こびと》たちから、わたしの宝《たから》をまもらなければならないのだ。冬、地面がかたくこおっているときは、小人《こびと》たちは、地下の自分たちの家の中にいるし

かない。こおりをやぶって、外へでる道をつくれないからね。だが、今は、あたたかいお日さまが地面をとかしている。もうすぐ小人《こびと》たちは、地面をやぶって外にでてくる。くすねたり、ぬすんだりするためにね。いったん何かがやつらのほらあなや、地下道にもちこまれたらさいご、それを日のあたる世界《せかい》にとりもどすのは、よういなことではない。だから、ねえ、雪白《ゆきしろ》、わたしは行かねばならぬ。」

雪白《ゆきしろ》は、このわかれをかなしく思い、くまのためにかんぬきをぬいたときは、半分泣《な》いていました。くまは、ごつごつした図体《ずうたい》を戸口からおしだそうとして、戸のかけ金《がね》にひっかかりました。そのとき、毛皮《けがわ》の一部《いちぶ》がちぎれてとれました。そのさけ目をとおして、何やら金色に光るものがちらっと見えたように、雪白《ゆきしろ》は思いました。けれども、なみだで目がくもっていたので、たしかなことはわかりませんでした。くまは、大いそぎでとっととかけてゆき、まもなく森の木々のあいだに見えなくなってしまいました。

それからしばらくたって、母親は、台所《だいどころ》でつかうたきつけをとりに、雪白《ゆきしろ》とバラ紅《べに》を森へやりました。ふたりが森へはいっていくと、まだいくらも行かないうちに、大きな木が地面にたおれているところへきました。その木の幹《みき》で、何かがひょこひょこ上がったり下がったりしていました。けれども、下草《したくさ》がしげっているので、それが何かわかりませんでした。

すぐそばまで行ってみると、それは小人《こびと》でした。そいつの灰色《はいいろ》っぽい、しわだらけの顔には、少なくとも一ヤードはあろうかという白いあごひげがありました。そのひげのさきが、木の幹《みき》のさけ目にはさまっていたのです。小さな男は、まるでくさりにつながれた犬のように、とんだりはねたりしていましたが、どうやっても逃《のが》れられません。小人《こびと》は、火のような赤い目で女の子たちをにらみつけると、どなりました。

「なんでばかみたいにそこにつっ立っておるんじゃ？　きて、わしを助《たす》けてはくれんのか？」

「だけど、どうしてそんなふうにはさまれちゃったの、小人《こびと》さん？」と、バラ紅《べに》はたずねました。

「なんにでも鼻《はな》をつっこんで、こそこそかぎまわる、このばかたれが！」と、小人《こびと》はさけびました。「この木のやつめが――わしは、こいつをこまかく切って、うちの台所《だいどころ》で燃《も》やすたきぎをつくろうとしとったんだ。でかい木のままではつかえんからな。でかい木をつかうと、いつだってわしら小さい者《もの》の食べる昼めしや晩《ばん》めしをこがしちまうんだ。わしらは、おまえらとはちがうんだ。おまえらのように、でっかくて、食《く》い意地《いじ》のはったやつは、なんでも大きなかたまりごと、がつがつのみこむがな。そこでだ、わしは、木にくさびをうちこんだん

だ。万事《ばんじ》それでうまくいくはずだった。ところがあのいまいましい木《こ》っぱめが、あんまりつるつるだったもんで、くさびがとんではねやがった。そうしたら、くさびをうちこんだはずの木のさけ目が急《きゅう》にとじちまって、そこへわしのみごとなあごひげがはさまっちまった。それで、このざまさ！　ひげがぬけんで、逃《に》げることもできん。そこへ、おまえらがやってきて、目の前につっ立ってへらへらわらいやがる。この脳《のう》たりんの、うすのろのお調子者《ちょうしもの》が、ふやけた顔しやがって、プーッ！　にくらしいがきめが！」

子どもたちは、この小さな小人《こびと》を助《たす》けようと、できるだけのことをしました。でも、ひげを木のさけ目からぬくことはできませんでした。あまりにもきっちりとはさまっていたからです。

とうとう、バラ紅《べに》が、

「走っていって、だれか手助《てだす》けを呼《よ》んでくるわ。」と、いいました。

「このとんかち頭が！」と、小人《こびと》は金切《かなき》り声をあげました。「だれがこれ以上《いじょう》ばかな人間をつれてこいというんだ？　今だってふたりもいて、おおすぎるんだ。もっといい方法《ほうほう》を思いつかんのか？」

「まあまあ、そんなにいらいらしないでくださいな、」と、雪白《ゆきしろ》がおだやかな調子《ちょうし》でいいました。「わたし、いいことを思いついたわ。」

そして、ポケットからはさみをとりだすと、小人《こびと》のひげのさきをちょきっと切りました。

自由の身《み》になるやいなや、小人は、近くの木の根《ね》かたにおいてあった金のつまったふくろをひっつかみました。そして、それをもちあげると、ひとりごとのように、ぶつぶつもんくをいいました。

「失礼《しつれい》なやつめ、わしのすばらしいひげを切りやがって。よっぱらいの手にでもかかって、くたばっちまえばいいんだ。」

それだけいうと、小人《こびと》は、背中《せなか》にふくろをしょって、ふたりの女の子たちをふりかえりもしないで行ってしまいました。

それから何日かたって、ふたりの姉妹《しまい》は、晩《ばん》ごはんにする魚をとりにでかけました。池の近くまでくると、何かものすごく大きいバッタのようなものが、池にむかってとびはねていました。どうやら水にとびこもうとしているようです。大いそぎで近づいてみると、それはあの小人《こびと》でした。

「どこへ行くの？」と、バラ紅《べに》がききました。「水の中にはいりたいわけじゃないでしょうに。」

「わしは、そんなばかじゃない！」と、小人はきいきい声でいいました。「あの悪魔《あくま》のような魚がわしを池に引きずりこもうとしているのがわからんのか？」

「まあ、それはお気《き》の毒《どく》に。」と、雪白《ゆきしろ》がやさしくいいました。「でも、いったいどうしてそんなひどいことになったのですか？　ちっちゃな小人《こびと》さん。」

「おまえになんの関係《かんけい》があるというんだ、このおせっかいやきの、ずうずうしいあまっこめ！」と、小人《こびと》はわめきました。「わしは、あそこにすわって、なんのことはない、心おだやかに釣《つ》りをしていたんだ。そうしたら、こんちくしょうめ、風がふいてきて、わしのみごとなひげが、釣《つ》り糸《いと》にからまっちまったんだ。ちょうどそのとき、魚が食《く》いついた手ごたえがあった。けど、そいつがばかでかいやつで、釣《つ》りあげることができん。そうこうするうちに、わしがやつを釣《つ》りあげるんじゃなくて、やつがわしをねらいはじめた。わしを水の中に引きずりこもうとしていやがるんだ、悪魔《あくま》めが！」

　こんなふうにどなりちらしているあいだにも、そのちっちゃな生きものは、どんどん引きずられて、行く道のとちゅうにある、あらゆる石、草、小枝《こえだ》、アシ、イグサにしがみつきました。それでも、どうにもなりません。魚のほうが一まい上手《うわて》で、この瞬間《しゅんかん》にふたりの女の子がきあわせていなかったら、小人《こびと》は、まちがいなくおぼれていたことでしょう。

ふたりは、自分たちの釣《つ》りざおをなげだして、小人《こびと》を助《たす》けに走りました。バラ紅《べに》が小人《こびと》のからだをつかみ、雪白《ゆきしろ》が釣《つ》り糸《いと》にからまって、くしゃくしゃになっているひげをはずそうとしました。でも、それはできない相談《そうだん》でした。あまりにもくしゃくしゃにもつれすぎていたからです。こうなると、もういちどはさみをとりだすしかありません。雪白《ゆきしろ》は、とても注意《ちゅうい》ぶかくこちらでちょきん、あちらでちょきんと少しずつひげを切りました。からだが自由になったとき、小人《こびと》のひげは、ほんの少しなくなっただけでした。それでも、この恩知《おんし》らずは、いかりくるってわめきちらしました。

「こんなことをしていいのか？　これが礼儀《れいぎ》正しいやり方か？　この気のきかん、性悪《しょうわる》むすめどもが！　わしのすばらしいあごひげの下半分をばっさり切りおとしただけでは足《た》りず、のこっていたひげまでほとんどやっちまった！　こんなひどいざまになったのでは、親戚《しんせき》やなかまの前にすがたを見せることもならん。このおんぼろむすめ！　無作法《ぶさほう》ないなか者《もの》！　おせっかいやきとはおまえのことだ！」

小人《こびと》は、イグサのあいだにおいてあった、真珠《しんじゅ》のつまったふくろをとりあげると、それを引きずって、大きな石の下にあるくぼみの中に消《き》えました。

このことがあってからまもなく、母親は、ふたりのむすめを、糸や、リボンや、針《はり》や、麻糸《あさいと》など、入《い》り用《よう》なものを買うために町へやりました。

町へ行くには、とちゅう、ところどころに岩《いわ》がつきでている牧場《まきば》をとおります。ふたりがそこを歩いていくと、頭の上のほうで、大きな鳥が空中をまっていました。それは、ワシでした。ワシは、ゆっくりと輪《わ》をえがきながら、どんどん、どんどんひくくおりてきて、とうとう、ふたりからあまりはなれていないところにある大きな岩《いわ》の上におりたちました。そして、ぱっと何かをつかまえました。そのとたん、耳をつんざくような、はげしい苦痛《くつう》のさけび声があがりました。

ふたりのむすめは、その場へ走っていきました。すると、なんとおどろくじゃありませんか。もうおなじみになったあの小人《こびと》が、大きなワシのかぎづめにぶらさげられて、どうにもならなくなっていました。

何をしてやっても、お礼《れい》をいうどころか、ひどい悪態《あくたい》をつくにもかかわらず、ふたりの女の子は、この小さい人を気《き》の毒《どく》に思いました。そこで、小人《こびと》の服《ふく》をつかんで、右へ左へ、上へ下へ、引っぱったり、ねじったりしました。ふたりがいつまでもそうするのをやめなかったので、ワシは、とうとう引っぱりあいをするのをあきらめて、えものをはなしました。

恐怖《きょうふ》から立ちなおるやいなや、小人《こびと》は、例《れい》によって、きいきい声でわめきちらしました。

「このどんくさい役立《やくた》たずが！　もちっと気をつけて、ていねいにわしをあつかうことができんのか？　わしの服《ふく》を見てみろ！　わしの上等《じょうとう》な上着《うわぎ》、わしのりっぱなズボン――どれもこれもずたずたに切りさきやがって、まったく不器《ぶき》用《よう》で、無作法《ぶさほう》で、どうにもならんこまり者《もの》だ、おまえらは！」

そういうと、小人《こびと》は、草むらのかげにかくしてあった、宝石《ほうせき》のいっぱいつまったふくろをとりあげ、岩《いわ》の下のほらあなにすべりこんでいってしまいました。

このときまでに、バラ紅《べに》も、雪白《ゆきしろ》も、小人《こびと》の無礼《ぶれい》でずうずうしいやり方になれていましたので、ふたりは、そのことについては、それ以上《いじょう》気にもとめずに、道をいそぎました。

帰り道、ふたりはもういちど小人《こびと》に会いました。小人《こびと》は、夕方そんなにおそくなってから、ここをとおる人があるとは思っていなかったので、ふくろをひっくりかえして、中にはいっていた宝石《ほうせき》を、ぜんぶ地面に広げていました。しずみかけた夕日の光の中で、宝石《ほうせき》は、なんともすばらしくきらきらとかがやいていました――ふたりのむすめは、あまりのふしぎさにものもいえず、ただつっ立って、目をまんまるくして、この光景《こうけい》をながめていました。

小人《こびと》は、ふたりを見ると、きいきい声でわめきました。

「このまぬけが、この腰《こし》ぬけが！　なんでそんなところにつっ立って、ばかみたいに口をぽかんとあけて見てるんだ？」

そういう小人《こびと》の灰色《はいいろ》の顔《かお》は、いかりのあまり火のようにまっ赤《か》になりました。ところが、小人《こびと》がつづけてわめこうとしたときです。うーっと大きなうなり声が聞こえたかと思うと、牧場《まきば》のはずれのしげみから、大きな黒いくまがすがたをあらわし、こちらへむかって走ってきました。

びっくりした小人《こびと》は、とびあがり、ひみつのねぐらに逃《に》げこもうとしました。けれども、このときすでに、くまが小人《こびと》をおさえつけていました。小人《こびと》は、悲《ひ》痛《つう》なさけび声をあげました。

「くまさんよう、おえらいくまさんよう。後生《ごしょう》だ、わしを見逃《みのが》してくれ――そうしたら、わしの宝《たから》はぜんぶおまえにやる。ここにある宝石《ほうせき》が見えるか？　岩《いわ》の下のほらあなの中には、金も真珠《しんじゅ》もある。いのちだけは助《たす》けてくれ！　わしみたいな、やせこけた、肉のおちた、ちっぽけな野郎《やろう》がなんになる？　おまえさんの二本の歯《は》のすきまもとおりぬけるくらいだ。それよか、ここにいる、役《やく》立《た》たずのふたりの女の子を食べたらどうだ――こいつらなら、汁気《しるけ》はたっぷりで、ふとったウズラみたいに、食べがいがありますぜ。わしのかわりに、こいつらを食《く》ってくれ！」

くまは、小人《こびと》のいうことなど、聞いてもいませんでした。ただ、そのとてつもなく大きな前足で、この悪者《わるもの》をひと打《う》ちしただけでした。小人《こびと》は、それっきり、うごかなくなりました。

女の子たちは、とんで逃《に》げようとしました。けれども、くまはふたりを呼《よ》びとめていいました。

「雪白《ゆきしろ》、バラ紅《べに》！　こわがるんじゃない。待《ま》ってくれ。わたしもいっしょに行く。」

その声を聞いたとき、ふたりは、それが大すきな友だちのくまだとわかりました。そこで、ふたりは足をとめて待《ま》ちました。
くまは、ふたりのところまでやってきました。
そのとたん、くまの、ごわごわした黒い毛皮《けがわ》が
はらりとおちて、そこには、全身《ぜんしん》を金の衣《い》しょ
うにつつまれた、うつくしい若者《わかもの》が立っていま
した。
「わたしは、王のむすこです。」と、若者《わかもの》はい
いました。「今まで、わるい小人《こびと》の魔法《まほう》にかかっ
ていたのです。小人《こびと》は、わたしをくまにかえた
だけでなく、わたしの宝《たから》もすべてうばったので
す。でも、今は何もかもおわりました。」
くまだった王子は、雪白《ゆきしろ》を花よめにしました。
そして、バラ紅《べに》は、王子の弟と結婚《けっこん》しました。

みんなは、小人《こびと》がぬすんで、ほらあなにかくしてあった宝物《たからもの》を、すべてとりもどして、仲《なか》よくわけあいました。

母親は、ふたりのむすめたちと、何年も、何年も、おだやかに、しあわせにくらしました。

御殿《ごてん》に行くとき、母親は、あの二本のバラの木をいっしょにもっていきました。木は、母親の部屋《へや》の窓《まど》のすぐ外にうえられ、毎年、毎年、この上なくうつくしい花を咲《さ》かせました——白いのと、赤いのとをね。

かしこいエルシー

あるところに男がいて、その男にむすめがひとりありました。このむすめは、四六時中脳《しろくじちゅうのう》みそをつかうように心がけていたので、みんなから「かしこいエルシー」と呼《よ》ばれていました。

エルシーが年ごろになったとき、父親は、

「そろそろこの子もよめにやらねばな。」と、いいました。

おかみさんもいいました。

「そうだねえ。だれかがやってきて、あの子をほしいといってくれたらね。」

とうとう、ある日、遠いところから、ハンスという名の男がやってきて、こういいました。

「よろしい。わたしがむすめさんと結婚《けっこん》しましょう。ただし、もし、むすめさんが、ほんとうに、あんたがたがいうようにかしこければ、の話ですがね。」

「ああ、かしこいとも。」と、父親はいいました。「うちのエルシーは、ばかじゃないよ。」

母親もいいました。

「ああ、ああ、ほんとだよ。あの子は、そりゃかしこくて、通りを風がやってくるのも見えるし、ハエがせきをするのも聞こえるんだからね。」

「いいでしょう。ためしてみましょう。」と、ハンスはいいました。「でも、もし、頭がよくないとわかったら、結婚《けっこん》はしませんからね。」

一同《いちどう》はテーブルをかこんですわり、食事《しょくじ》をはじめました。

すると、母親がいいました。

「エルシーや、地下室へおりていって、ビールをくんできておくれ。」

そこで、かしこいむすめは、壁《かべ》からジョッキをとると、地下室へむかいました。でも、とことこと階段《かいだん》をおりていくあいださえ、何もしないのは時間のむだだとばかり、ジョッキのふたを調子《ちょうし》よくカタカタいわせました。

地下室にやってくると、エルシーは、小さな腰《こし》かけをもってきて、それをビールだるの前において、そこにすわりました。こうすれば、かがまなくてすむし、なんかのひょうしに、とつぜん背中《せなか》がいたくなることもないからです。それから、たるの前にジョッキをおいて、たるの栓《せん》をひねりました。

けれども、ジョッキがいっぱいになるのを待《ま》っているあいだも、むだに目をあそばせておくことはないと思い、せっせとまわりの壁《かべ》と天じょうを見まわしました。そして、あっちを見、こっちを見しているうちに、まあ、なんとしたこと、自分の頭の真上《まうえ》に、石工《いしく》がおきわすれてそのままになっているつるはしを見つけたじゃありませんか！　これを見て、かしこいエルシーは、わっと泣《な》きだしました。というのは、こう考えたからです。

「もし、あたしがハンスと結婚《けっこん》して、かわいい男の子ができたとして、その子が大きくなって、あたしたちが、その子をここへビールをくみにやったとして、そのとき、とつぜんあのつるはしが、その子の頭の上におっこちてきて、その子が死《し》んじまうかもしれない。」と、ね。

そこで、エルシーは、おこるかもしれないこのおそろしいできごとのことを思って、ありったけの声をはりあげて泣《な》きました。

上では、みんな台所《だいどころ》でエルシーを待《ま》っていました。待《ま》って待《ま》って待《ま》ちましたが、帰ってこない。きません。とうとう、母親は、若《わか》い下女《げじょ》のむすめに、

「地下室へおりていって、かしこいエルシーがどうしているのか見ておいで。」

と、いいました。

むすめは、地下室へおりていきました。そして、エルシーがそこにすわりこんで、ひどく泣《な》いているのを見ると、

「どうして、そんなに泣《な》いていなさるんだね？」と、ききました。

「ああ！」と、エルシーはいいました。「これが泣《な》かずにいられるかい。もし、あたしがハンスと結婚《けっこん》して、赤んぼうができて、その子が大きくなって、ビールをくみにここへきたとして、そんとき、もしかしたら、あのつるはしがその子の頭の上におっこちてきて、その子が死《し》んじまうかもしれないんだよ。」

これを聞いて、むすめはいいました。

「ああ、エルシーさんよう、どうしてそんなさきのさきまで考えられるのかね？　ほんとにかしこいんだねえ、あんたは。」

そういうと、むすめは、エルシーのとなりにすわって、この不幸《ふこう》なできごとをかなしんで、いっしょに泣《な》きはじめました。

しばらくたって、むすめも帰ってこないので、台所《だいどころ》にいた者《もの》たちは、のどがかわいて、いらいらしてきました。そこで、父親は、下男《げなん》にいいました。

「おい、おまえ！　地下室にいって、なんでエルシーも、むすめも、もどってこんのか見てきてくれ。」

下男《げなん》は、下へおりていきました。すると、ふたりのむすめが胸《むね》もはりさけんばかりに泣《な》いていました。

「なんでそんなに泣《な》いとるのかね、ええ?」と、下男《げなん》はききました。

「ああ!」と、エルシーはいいました。「これが泣《な》かずにいられるかね。あたしがハンスと結婚《けっこん》して、子どもができて、その子が大きくなって、下へおりてきて、ビールをくんでいたら、あのつるはしが頭の上にすとんとおちてきて、死《し》んでしまうかもしれないんだよ。」

「ありゃー、こりゃ、とんでもねえ災難《さいなん》だ!」と、下男《げなん》はさけびました。「それにしてもまあ、エルシーさん、そこまで考えられるとは、あんたはふんとにかしこいねえ。」

そういうと、下男《げなん》もむすめたちといっしょにすわって、なんとも悲痛《ひつう》な大声をあげて泣《な》きだしました。

上の台所《だいどころ》では、ほかの人たちが、下男《げなん》の帰りを待《ま》っていました。ところが、待《ま》っても、待《ま》っても、帰ってこないので、父親は、母親にむかっていいました。

「おまえ、地下室へ行って、うちのかしこいエルシーがどこでぐずぐずしてるのか見てこいや。」

母親が、下へおりていくと、三人は、ここを先途《せんど》と泣《な》きさけんでいました。何をそんなになげいているのかと母親がたずねると、エルシーは、これから生まれるはずの子どもが、ビールをくみにここへおりてきたら、あのつるはしが頭の上におちてきて、まちがいなく死《し》ぬんだ、と話しました。

「ありゃー！」と、母親はいいました。「うちのかしこいエルシーでなきゃ、だれがそんなさきのことまで考えられるかね。」

そういうと、母親もほかの三人といっしょになって、しゃくりあげて、泣《な》きだしました。

台所《だいどころ》にいた父親は、しばらくおかみさんの帰りを待《ま》っていましたが、おかみさんも帰ってこないので、こういいました。

「ふうむ、おれが行って、自分の目で、かしこいエルシーがなんでこうも手間《てま》どっているのか、見てこずばなるまいな。」

父親は階段《かいだん》をおりていき、四人がすわって泣《な》いているのを見て、いったいどうしたんだ、とききました。そして、そのわけというのが、エルシーがいつか生むかもしれない子どもが、ここでビールをくんでいる最中《さいちゅう》に、あのつるはしがおちてきて、その子が死《し》ぬということだ、とわかると、大声でいいました。

「ああ、それこそ先見《せんけん》の明《めい》ってもんだ。うちのエルシーは、正真《しょうしん》正銘《しょうめい》の知恵者《ちえしゃ》だなあ。」

そういうと、父親は自分もそこにすわりこみ、いっしょになって泣《な》きだしました。

ハンスは、そのあいだ、台所《だいどころ》で長いことじっと待《ま》っていました。けれども、だれも帰ってこないので、こうひとりごとをいいました。

「みんな、下でおれを待《ま》ってるんだな。それにちがいない。おりていって、どうなっているのか、見たほうがいいぞ。」

そこで、おりていってみると、そこでは、五人がすわって、なげきかなしみ、あわれな声で泣《な》きさけんでいました。だれもが、ほかの人より大きな声をあげています。

「いったいどんなひどい災難《さいなん》がおきたんですか？」と、ハンスはききました。

「ああ、ハンスさん！」と、エルシーは泣《な》きながらいいました。「おまえさんとあたしが結婚《けっこん》して、赤んぼうができて、そんで、その子が大きくなったら、あたしたち、その子をここへビールくみにやるかもしれないだろ。そのとき、あのつるはしがその子の頭の上におちてきて、その子が死《し》んじまうかもしれないんだよ。これが泣《な》かずにいられるかい？」

「そうだったのか！」と、ハンスはさけびました。
「そこまでふかく考えてるのか！　おれのうちにはこれ以上《いじょう》の知恵《ちえ》はひつようない。エルシー、おまえがそこまでかしこいとわかったから、おれはおまえと結婚《けっこん》するよ！」
　ハンスはエルシーの手をぐいとつかみ、上につれていきました。そして、まもなく、ふたりはめでたく結婚式《けっこんしき》をあげました。

さて、ハンスとエルシーは結婚《けっこん》して、自分たちの家と農場《のうじょう》を手にいれました。それからしばらくたったある日のこと、ハンスは、エルシーにいいました。

「ねえ、おまえ、おれはでかけて、金をもうけてくるから、おまえは畑《はたけ》へ行って、パンにするライ麦《むぎ》を刈《か》りとってきてくれるかい。」

「ああ、ああ、いいとも。やっとくよ、ハンス。」と、かしこいエルシーはいいました。

ハンスが行ってしまったあと、エルシーは、大なべにたっぷりスープをつくって、それをもって畑《はたけ》へ行きました。畑《はたけ》につくと、エルシーは、すわって、いつものように、脳《のう》みそをつかいはじめました。けっしてまちがったことをしたくなかったからです。

エルシーは、自分にたずねました。

「さて、これから何をしよう？　麦刈《むぎか》りをする前に、食べるか？　それとも、刈《か》る前にねるか？　ヘイ！　まず、さきに食べよう。」

エルシーは、すわって、もってきたスープをさいごの一てきまでのみほしました。おかげで、うごくのもたいぎなほどねむくなってしまいました。

「ここはひとつ、あたしのかしこい脳《のう》みそをはたらかせなくちゃ。」と、エルシーは考えました。「さてと、さきにねるか、それともさきに麦《むぎ》を刈《か》るか？　刈《か》るか、ねるか？　ねるか、刈《か》るか？」

そして、考えている時間をむだにしないために、麦《むぎ》を刈《か》りはじめました。

でも、ねむくて、ねむくて、自分が何をしているのかほとんどわかりませんでした。

「刈《か》るか？　ねるか？　刈《か》るか、ねるか？　ねるか、刈《か》るか？」

そういいつづけながら、かまをうごかしているうちに、ライ麦《むぎ》とまちがえて、自分の服《ふく》を切りはじめました。エプロン、シャツ、スカート、それにカートルという長い上着《うわぎ》まで。何もかも、ばっさり半分に切ってしまったのです。けれども、自分ではそれに気がついていませんでした——まだ、あの「さきに刈《か》るか、それともさきにねるか？」という大問題《だいもんだい》を考えつづけていたからです。

さて、やれやれ、やっとこたえが見つかりました。

「へーイ、ねるのがさきだ！」

いうなり、エルシーは、ライ麦畑《むぎばたけ》のくきのあいだにたおれこんで、たちまちぐっすりねむってしまいました。

目がさめたとき、あたりはもうほとんどくらくなっていました。エルシーは、立ちあがりました。見ると、きているものはぜんぶずたずたに切られ

て、ぼろぼろになっているではありませんか。これではまるではだかどうぜんです。なおいけないことに、自分がだれかわからなくなってしまったのです。

「どうなっちまったんだろ？」と、エルシーはいいました。「あたしはあたしかい？　それとも、あたしじゃないのかい？」

どう考えても、こたえが見つかりません。そこで、エルシーは自分にいってやりました。

「ねえ、あんた！　あんたはとてもかしこいんだから、わかるはずだろ。よーっく考えな！　あんたはエルシーかい？　それとも、だれかほかの人かい？」

それでも、まだわかりません。考えに考えているうちに、とうとういいことを思いつきました。

「わかった！」と、このかしこい女の人はいいました。「帰って、うちにあたしがいるかどうか、見りゃいいんだ。」

そこで、エルシーは、家へとんで帰って、窓《まど》をたたいていいました。

「かしこいエルシーは、そこにいる?」

「ああ、いるとも。」と、ハンスはこたえました。エルシーは、もうとっくに家に帰っているものと思いこんでいたからです。「まちがいなく帰って、ベッドでぐっすりねているよ。」

「あらま!」と、かしこいエルシーはさけびました。「じゃあ、あたしはとっくにうちにいるんだ。ってことは、ここにいるのは、あたしじゃない。あたしはエルシーじゃなくて、だれかほかの人なんだ。だったら、ここにはすんでないってことだよね。」

というわけで、エルシーはそこから走って、どこかへ行ってしまいました。そのあと、エルシーを見た人はだれもいません。でも、あんなにかしこい人のことですから、そして、いつだってどうすればいいか、ちゃんとわかっていた人ですから、どこに行っても、きっとうまくやったと思いますよ、きっとね。

竜《りゅう》とそのおばあさん

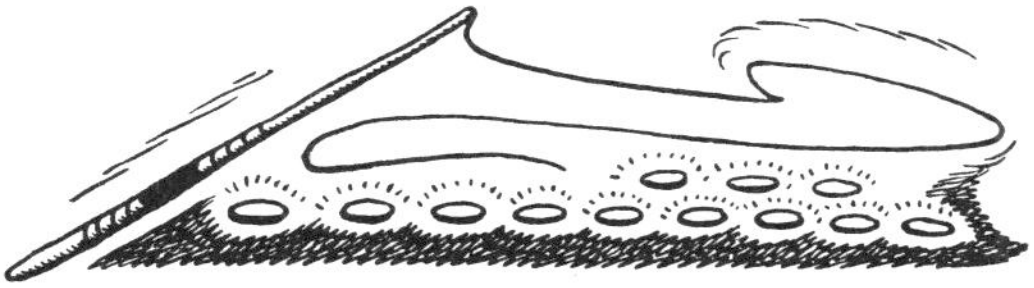

あるとき、戦争《せんそう》がありました。この戦争《せんそう》をはじめた王さまは、おおぜいの兵《へい》隊《たい》をかかえていました。ところが、この王さまは、兵隊《へいたい》たちをたたかいに行かせ、自分のために死《し》なせるのはなんとも思わないくせに、兵隊《へいたい》たちにじゅうぶんくらしていけるだけの給料《きゅうりょう》をはらうのはいや、ときていました。とうとう、三人の若《わか》い兵隊《へいたい》が、雁首《がんくび》をそろえて相談《そうだん》したあげく、逃《に》げだすことにしました。

「けど、そんなこと、どうやったらやれる？」と、ひとりがききました。「もし、つかまったら、しばり首《くび》になるぜ。」

「あそこにライ麦畑《むぎばたけ》が見えるだろ？」と、もうひとりがいいました。「日がくれたら、こっそりあそこまで行って、夜じゅうかくれているんだ。明日《あした》は、軍《ぐん》隊《たい》が移動《いどう》するから、おれたちは、安全《あんぜん》に逃《に》げおおせるさ。」

けれども、ことはそううまくはこびませんでした。命令《めいれい》がかわって、軍隊《ぐんたい》はその日も、そのつぎの日も、ここにとどまることになったのです。ライ麦畑《むぎばたけ》に逃《に》げこんだ三人の兵隊《へいたい》たちは、待《ま》って、待《ま》って、待《ま》ちました――水もなく、食べものもなしに。それでも、かくれ場所《ばしょ》からでていく勇気《ゆうき》はありませんでした。この分では、どうやらここで、飢《う》えとかわきのために死《し》ぬほかなさそうでした。

いよいよだめか、となったとき、だれがやってきたと思います？　火をはく竜《りゅう》でした。竜《りゅう》は空からまいおりて、畑《はたけ》におりたち、とぐろをまいたり、ほどいたりしながら、畑《はたけ》の中をのたうちまわりました。

「おい、兵隊《へいたい》ども、なんでここにかくれとるんだ、ええ？」と、竜《りゅう》はききました。

「おれたち、王さまの軍隊《ぐんたい》から逃《に》げだしたんです。」と、兵隊《へいたい》たちはこたえました。「王さまときたら、おれたちをいくさにかりたてるだけかりたてておいて、給料《きゅうりょう》をほんのぽっちりしかくれないんでね。けど、今は、ここで飢《う》え死《じ》にしかけています。食べものをとりにいくわけにはいかないんでさ。そんなことをしたら、まちがいなくつかまって、この世《よ》とおさらばってことになるんでね。」

「ほほう、ふん、ふん！」と、竜《りゅう》はいいました。「どうだい、お兄さんがた、おれがおまえたちを救《すく》ってやろう。それも、よろこんで、そうしてやるよ。もし、おまえらが、七年間、おれの家来《けらい》になると約束《やくそく》するならね。」

兵隊《へいたい》たちは、どうしたものだろうというように、たがいの顔を見ました。竜《りゅう》を主人《しゅじん》にするという考えが気にいらなかったからです。

「けど、それ以外《いがい》に道はない。」と、三人はたがいに話しあいました。「このままでは、けっきょく、首《くび》つり台にぶらさがるか、それとも、このライ麦畑《むぎばたけ》で飢《う》え死《じ》にするか、どっちかだもの。それよりはましさ。」

そこで、三人は、家来《けらい》になる、と約束《やくそく》しました。

竜《りゅう》は、三人をつめでつかみあげ、軍隊《ぐんたい》の上を空たかくとんで、野営地《やえいち》から遠くはなれたところまでつれていきました。そして、三人を注意《ちゅうい》ぶかく地面におろし、めいめいに小さなむちをくれていいました。

「いいか、このむちをヒュッとひと打《う》ちふれば、空から金貨《きんか》がふってくる、まるでバッタみたいにな。ふればふるほど、金が手にはいるということだ。どうだ、わかるか、お兄さんがた、とのさまのようなくらしができて、いい思いのし放《ほう》題《だい》ってわけだ。これが、これからの七年間のおまえらのくらしだ。期限《きげん》がきたら、おれがおまえらに、ひとつなぞをだす。もし、それを当《あ》てたら、むちをそのままもっていていいし、おれがそれ以上《いじょう》おまえらをどうこうすることはない。しかし、もし、しっぱいしたら、おまえらは永久《えいきゅう》におれのものになる。」

兵隊《へいたい》たちは、ちょっとぞくぞくっとしました。そして、竜《りゅう》が、帳面《ちょうめん》をだして、ここにおまえらの名まえを書け、といったときには、手がふるえました。けれども、竜《りゅう》が行ってしまうと、三人はたちまち恐怖《きょうふ》をわすれました。いそいでむちを

鳴らしてみると、ほい、ほーいっ！　たちまち空から金がふってきて、三人のまわりに、ぴかぴか光る金貨《きんか》の山ができました。

　さて、そこで三人は、気楽《きらく》な旅《たび》に出発《しゅっぱつ》しました。足のむくまま、気のむくまま、あっちへ行ったり、こっちへ行ったり……なんというたのしいときをすごしたことでしょう！　むちを鳴らしては金貨《きんか》をあつめ、それでりっぱな着物《きもの》を買い、ごうかな馬車と、いせいのいい馬を買って、かっこうのいいくらしをたのしみました。三人は、根《ね》がいい人たちでしたから、だれにもわるいことはしませんでしたし、だれにでも気前よく金貨《きんか》をわけてやり、行くさきざきで、たのしい気分を広めました。

　そう、そんなふうにして、七年がすぎました。毎日が「ほい、ほい、ほーい！」「とんとん、とんから、とーん！」という気分でした。

　けれども、約束《やくそく》のときが近づくにつれて、兵隊《へいたい》たちのうちのふたりは、おちこんで、びくびくするようになりました。でも、三人目は平気でした。この人は、陽気《ようき》な人で、こういいました。

「ほうら、ほらほら、兄弟《きょうだい》よ。しんぱいするなって。おれは赤んぼうのとき、頭からおっこちたりしなかったからな――おれの頭ん中には、知恵《ちえ》がつまっているのよ――そのときがきたら、おれが竜《りゅう》のなぞをといてやるからさ。」

けれども、ほかのふたりは、それほどのんきではありませんでした。ふたりは、口をへの字にまげ、まるで雨が一週間もふりつづいたような、うかぬ顔をしていました。

と、そこへ、ひょこたりひょこたりと、やってきたのは……？　ひとりのおばあさんでした。おばあさんは、みんながかなしそうにしているのを見て、何をなやんでいるのかとききました。

「ばあさんには、関係《かんけい》のないこった。」と、兵隊《へいたい》たちはいいました。「どうせおれたちを助《たす》けることなんて、できっこないんだから。」

「そりゃ、わからんよ。」と、おばあさんは、頭をふりふりいいました。「そりゃ、わからんさ。さあ、はじめっからぜんぶ話してごらん。なんとかなるかもしれないよ。」

そこで、三人は、竜《りゅう》との約束《やくそく》のことをのこらず話しました。話を聞くと、おばあさんはいいました。

「なんだい、なんだい、お兄さんたち、それほどわるいことじゃないじゃないか。わたしが、どうしたらいいか教えてあげよう。おまえさんたちのうちのひとりが、森へ行って、あちこち歩きまわるんだよ、大きながけを見つけるまでね。そこに、家みたいに見えるほらあながあるから、そこへはいっていくのさ。そうすりゃ、そこで助《たす》けが見つかるだろうよ。」

かなしんでいるふたりは、「そんなことで、おれたちが救《すく》われるはずがない。」と思い、ふさぎこんだままでした。けれども、陽気《ようき》な三人目は、ぼうしを空中にほうりなげ、おちてきたところをつかんで、さけびました。

「おおきにありがとよ、ばあさん。恩《おん》にきるぜ。おれ、行ってくる！」

兵隊《へいたい》は、一日じゅうあっちこっちと歩きつづけ、夜になって、がけのところに、ほらあならしきものを見つけました。どうやら人がすんでいるようだったので、戸口からのぞきこむと、中に、ひとりのおばあさんがいました。それは、ひどく年をとったおばあさんでした。

兵隊《へいたい》が「こんばんは。」と、ていねいにあいさつすると、おばあさんは、兵隊《へいたい》の陽気《ようき》で正直《しょうじき》そうな顔を見てよろこび、中にはいってすわるように、といいました。

ふたりは、しばらくのあいだ、たのしくおしゃべりしました。そうしたら、なんとなんと、話し相手《あいて》になっているこのばあさんは、ほかでもない、あの竜《りゅう》のおばあさんだということがわかったのです！　つまり、自分たちにむちをくれたあの竜《りゅう》は、この人の孫《まご》だったのです。

おばあさんは、この孫《まご》のことをあまりこころよく思っていませんでした。そして、この若《わか》い、陽気《ようき》な兵隊《へいたい》がとても気にいったので、話を聞いて気《き》の毒《どく》に思いました。

「そろそろくらくなってきた。」と、おばあさんはいいました。「うちの孫《まご》むすこの竜坊主《りゅうぼうず》が、もうすぐ帰ってくるだろう。ここにかくれておいで。」

そういって、おばあさんは、地下室につうじる床《ゆか》のあげ戸をあけました。

「ねずみみたいにおとなしくして、聞き耳をたてているんだよ。何かおまえたちのなやみの助《たす》けになることが聞けるかもしれないからね。」

兵隊《へいたい》の若者《わかもの》は、いわれたとおりにしました。まもなく竜《りゅう》はとんで帰ってきました。やつがはいると、ほらあなはいっぱいになりました。竜《りゅう》は、おばあさんに、晩《ばん》ごはんをくれとねだりました。おばあさんは、ものすごい量《りょう》の食べものをだしてやりました。これで、竜《りゅう》は、すっかりごきげんになりました。

「さて、ぼうや、」と、おばあさんはいいました。「このごろ景気《けいき》はどうなんだい？」

「ああ、」と、竜《りゅう》はいいました。「今日《きょう》はあんまりよくなかった。けど、それが

なんだっていうのさ。四、五日すれば、まちがいなくおもしろいことになるんだ。聞いてよ、ばあちゃん。七年前、おれは、三人の若《わか》い兵隊《へいたい》と契約《けいやく》をかわしたんだ。ヘッ、ヘッ！　ヒッ、ヒッ！　その期限《きげん》がもうすぐやってくる！」

「そいつらが手にはいるのは、たしかなのかね？」と、おばあさんはたずねました。「もしかしたら、その兵隊《へいたい》たちは、おまえよりかしこくて、だしぬかれるかもわからないよ。」

「そんなことあるもんか！」と、竜《りゅう》はいいましたが、そのいいかたはうれしくてたまらないというふうで、鼻《はな》のあなからは、もうもうとけむりがふきでていました。「そんなことはないさ、ばあちゃん。いいなぞなぞを考えてあるんだ——やつら、ぜったいに当《あ》てられっこないさ。」

「それで、それ、どんななぞなぞなんだい？」とおばあさんは、もういちど竜《りゅう》のどんぶりにおかわりを山もりもってやりながらいいました。

竜《りゅう》は、もういちど鼻《はな》を鳴らして、けむりをはきだしました。

「教えてやろうか。とてもいいやつなんだ。かの有名《ゆうめい》な北海《ほっかい》に、死《し》んだ尾長《おなが》ざるがいるんだよ——これがやつらのあぶり肉になる。くじらのあばら骨《ぼね》は、やつらのスプーンに、中がからになった古い馬のひづめが、やつらのワイングラスになるのさ。これって、すごいだろ？　ヒッヒ、ヒッヒ！　ハッハ、ハッハ！ホッホ、ホッホー！」

そういって、竜《りゅう》は、じょうきげんで寝床《ねどこ》に行きました。

そこで、おばあさんは、地下室の戸をあけました。兵隊《へいたい》は、足音をたてずに、かくれ場所《ばしょ》からでてきました。

「あの子のいったことを聞いたかい？」と、おばあさんはささやきました。

「聞いた、聞いた。ありがとよ、親切なおばあさん。」と、若者《わかもの》はいいました。

「何もかも、はっきりと聞いたよ。」

兵隊《へいたい》は、いそいでなかまのところに帰り、どうなったかを話しました。さあ、三人とも、有頂天《うちょうてん》になり、例《れい》のむちをパシッ、パシッと、右へ、左へ、めちゃくちゃにふりまわしました。金貨《きんか》は、あらしのときのひょうのようないきおいでふってきました。

数日すると、七年が明け、竜《りゅう》があらわれました。竜《りゅう》は、帳面《ちょうめん》をひらいて、三人の名まえを指《ゆび》でさして、いいました。

「約束《やくそく》したな！」

「うん、約束《やくそく》した。」

兵隊《へいたい》たちは、うれしそうなそぶりを見せないようにしていいました。

「では、今からなぞなぞをだす。」と、竜《りゅう》はつづけました。「おまえたちに当《あ》てられっこないことはわかっている。だから、おまえたちは、もうおれのものになったもどうぜんだ。」

「わかった。それで？」と、兵隊《へいたい》たちはいいました。

「よし、それじゃいくぞ。」と、竜《りゅう》はいいました。「おれは、おまえたちをおれの領地《りょうち》につれていく。そこで、おまえたちのために、宴会《えんかい》をひらいてやろう。そのとき、あぶり肉には何がでると思う？」

一番目の兵隊《へいたい》はこたえました。

「かの有名《ゆうめい》な北海《ほっかい》に、死《し》んだ尾長《おなが》ざるがよこたわっている。おれが思うに、それがおれたちのあぶり肉になるね。」

竜《りゅう》は、びっくりしました。

「ふむ、ふむ、ふむ!」と、竜《りゅう》は口の中でつぶやきました。「で、何がスプーンになるんだね?」

二番目の兵隊《へいたい》がこたえました。

「くじらのあばら骨《ぼね》——ってところかなあ。」

竜《りゅう》は、顔をゆがめました。

「ふむ、ふむ、ふむ!」竜《りゅう》は、もういちど口の中でつぶやきました。「だが、ワイングラスが何かわかるかね?」

三番目の兵隊《へいたい》がいいました。

「中がからになっている、古い馬のひづめ——かな。それが、おれたちのワイングラスとなりゃ、けっこうなこった。」

竜《りゅう》は、いかりのあまり、むらさき色になりました。そして、

「フゥー、フゥー、フゥー!」と、ものすごい声でほえたけると、あっというまにとんでいってしまいました。この三人には、もう自分の力はおよばないと

わかったからです。

三人の兵隊《へいたい》たちは、今や永久《えいきゅう》に自由の身《み》になりました。三人は、ふたたび、苦労《くろう》知らずの陽気《ようき》なくらしにもどりました。そして、ヒュッ、ヒュッとむちを鳴らしては、以前《いぜん》のように金貨《きんか》をだしました。もし、やめていなかったら、今でもやっているはずですよ。

漁師《りょうし》とおかみさん

むかし、あるところに、漁師《りょうし》とおかみさんがおりました。ふたりは、海のすぐそばの、お酢《す》のびんの中で、いっしょにくらしていました。漁師《りょうし》は、毎日海へ行って、魚をとりました。とって、とって、とりました。

そんなわけで、その日も、漁師《りょうし》は海辺《うみべ》にでていました。釣《つ》り糸《いと》をたらして、すきとおった水の中をじーっとのぞきこんだまま、いつまでも、いつまでもすわっていました。

すると、とつぜん釣《つ》り針《ばり》が下へ引っぱられました。針《はり》はどんどんふかくおりていきます。やっとのことで引きあげてみると、大きな金色の魚がかかっていました。魚は、漁師《りょうし》にいいました。

「聞いてくれ、漁師《りょうし》。おねがいだ、わたしを殺《ころ》さないでくれ。わたしは、ほんとうは魚ではない。魔法《まほう》にかけられた王子なのだ。わたしを殺《ころ》したとて、なんになる？　食《く》ったところで、味《あじ》はよくない——このまま海にもどして、逃《に》がしてくれ。」

「こいつァおどろいた、」と、漁師《りょうし》はいいました。「おまえさん、そんなにごたごたしゃべるこたァないさ。魚つうものは、しゃべらねえもんだ——しゃべる魚なんぞ、おら、たのまれたってとる気はない。さっさとおよいでいきな。」

そういうと、漁師《りょうし》は、魚をきれいな水の中へもどしてやりました。魚は、ひとすじの長い血《ち》の尾《お》をひいて、しずんでいきました。漁師《りょうし》は、立ちあがって、おかみさんの待《ま》つ酢《す》のびんに帰りました。

「おや、おまえさん、今日《きょう》はなんにもとれなかったのかい？」と、おかみさんはききました。

「いんにゃ、」と、男はこたえました。「金色の魚をつりあげたよ。けど、そいつが、自分は魔法《まほう》にかけられた王子だというもんで、海へもどしてやった。」

「けど、そんときおまえさん、何かねがいごとをしなかったのかね？」と、おかみさんはききました。

「いんにゃ、」と、男はいいました。「何をねがったらよかったっていうんだ？」

「あーあ！」と、おかみさんはいいました。「あたしら、こうやって、こんなにくらくって、すっぱいにおいがするお酢《す》のびんにすんでるんだよ。小さな小屋《こや》がほしいとでもねがえばよかったのに。行って、そいつにいってやりな――小さな小屋《こや》がほしいって、そういや、きっとかなえてくれるはずだよ。」

「おいおい！」と、男はいいました。「なんで、おれが行かなきゃならないんだよ？」

「なんででもさ！」と、おかみさんはいいまし

た。「なんてったっておまえさんがそいつをつかまえて、そのあとで逃《に》がしてやったんだろ、そうじゃないのかい？　なら、やつは、きっということを聞いてくれるさ、今すぐ行っといで。」

そういわれても、男はまだ行きたくありませんでした。でも、おかみさんにたてをつくのもいやでした。そこで、しかたなく海へ行きました。きてみると、海は、すっかり緑色と黄色になっていて、もう前のようにすきとおってはいませんでした。そこで、漁師《りょうし》は、そこに立っていいました。

マンニー、マンニー、ティムピー　ティー
海の中の　魚どの
おれのかみさんイルゼビル
強情《ごうじょう》で、いうことききやせぬ。

すると、あの魚がおよいできていいました。

「はてさて。で、おかみさんは何がほしいんだね？」

「ああ！」と、男はいいました。「つまりだ、おれはおまえをつかまえて、はなしてやっただろう。だから、かみさんはいうんだ、ほんとは何かねがいごとをすりゃよかったんだって。あいつは、これ以上酢《いじょうす》のびんにはすみたくないといっている。どうしても小屋《こや》がほしいんだと。」

「うちに帰るがいい、」と、魚はいいました。「ほしいものはもう手にはいっている。」

そこで、男は家に帰りました。すると、おかみさんは、もうお酢《す》のびんの中にすわってはいませんでした。そこには、小さな小屋《こや》があって、おかみさんは、その前のベンチにすわっていました。おかみさんは、だんなの手をとっていいました。

「ちょっとはいってごらんよ。ほらね、今までより、ずっといいだろ？」

そこで、ふたりは、中へはいっていきました。小屋《こや》の中には、ちょっとした玄関《げんかん》と居間《いま》がありました。ふたりのベッドがおいてある寝室《しんしつ》もありました。それに、台所《だいどころ》と食堂《しょくどう》があり、そこには、上等《じょうとう》の道具類《どうぐるい》が、この上なくきれいにならんでいました。すずや、真《しん》ちゅうの食《しょっ》器《き》もそろっていました。小屋《こや》のうら手には、こぢんまりとした庭《にわ》があって、にわとりやあひるがおり、くだものの木や野菜《やさい》がうわった畑《はたけ》もありました。

「ね、」と、おかみさんはいいました。「すてきじゃない？」

「そうだね、」と、男はいいました。「これがこのままつづけばいいね。そうなりゃ、このさき、おれたちはうんとまんぞくしてくらせるだろうよ。」

「そうだわねえ、ま、考えておこう。」と、おかみさんはいいました。

そういって、ふたりは、かるい食事《しょくじ》をして、寝床《ねどこ》にはいりました。


それから、一、二週間ほどたちました。おかみさんはいいました。

「ねえ、聞いてよ。この小屋《こや》はせますぎるわ。うらの庭《にわ》も畑《はたけ》もちっぽけなんだもの。あの魚は、ほんとうは、もっと大きな家だってくれたはずだよ。あたしゃ、石づくりの大邸宅《だいていたく》にすみたいねえ。魚のところへ行って、大邸宅《だいていたく》がいるといっといで。」

「ああ、おまえ、」と、男はいいました。「この小屋《こや》はじゅうぶんりっぱじゃないか。どうして大邸宅《だいていたく》になんかすみたいんだね？」

「行くんだよ。」と、おかみさんはいいました。「それくらい、魚はかんたんにやってくれるさ。」

「いんにゃ、おまえ、」と、男はいいました。「魚は、もう小屋《こや》をくれたんだ。

おれは、もう二どと行きたくない。そんなことしたら、魚はきげんをわるくするよ。」

「行きな！」と、おかみさんはいいました。「やつは、それくらいりっぱにやれるし、よろこんでやってくれるさ。さっさと行ってきな。」

男は、気がおもくなりました。行きたくなかったのです。そして、「こんなことは、まちがっている。」と、つぶやきました。それでも、けっきょくはでかけました。

漁師《りょうし》が海へやってきたとき、水は、もう緑色と黄色ではなく、すっかりむらさき色と灰色《はいいろ》になって、よどんでいました。しかし、それでも、まだしずかでした。そこで、漁師《りょうし》はそこに立って、こういいました。

マンニー、マンニー、ティムピー　ティー

海の中の　魚どの

おれのかみさんイルゼビル
強情《ごうじょう》で、いうことききやせぬ。

「はてさて、こんどは、おかみさんは何をほしがっているんだね？」と、魚はききました。

「ああ！」と、男はいいました。「あいつは、石づくりの大邸宅《だいていたく》にすみたいというんだ。」

「帰るがいい、」と、魚はいいました。「おかみさんは、大邸宅《だいていたく》の入り口に立っているだろうよ。」

そこで、男はその場をはなれ、家に帰ることにしました。けれども、家についてみると、そこには大きな石づくりの邸宅《ていたく》がたっていました。そして、おかみさんは、入り口の段《だん》だんに立って、ちょうどそこにはいろうとしていました。

おかみさんは、だんなの手をとって、

「さ、中にはいろ。」といいました。

男はいわれたとおり、中にはいりました。

邸宅《ていたく》の中には、大きな広間《ひろま》がありました。床《ゆか》は大理石《だいりせき》でできています。そして、そこには、それはそれはおおぜいの召使《めしつか》いがいました。召使《めしつか》いたちは、行くさきざきで、大きなとびらをさぁーっとひらいてくれました。壁《かべ》は、どこもかも明るく、みごとなタペストリーでおおわれていました。たくさんある部屋《へや》には、金のいすやテーブルがところせましとおいてありました。天じょうからは水晶《すいしょう》のシャンデリアがさがり、客《きゃく》間《ま》にも寝室《しんしつ》にもじゅうたんがしきつめてありました。食堂《しょくどう》のテーブルには、食べものと、極上《ごくじょう》のワインがならび、今にも宴会《えんかい》がはじめられそうでした。

邸宅《ていたく》のうらには、広々とした中庭《なかにわ》があり、そこには馬小屋《うまごや》や牛小屋《うしごや》、それにりっぱな馬車がならんでいました。また、すばらしい大庭園《だいていえん》があり、そこには、うつくしい花と、みごとなくだものの木がうわっていました。そして、狩り場《かば》――それは、少なくとも半マイルもつづいていました――の中には、雄鹿《おじか》に雌鹿《めじか》、うさぎやそのほかの、のぞむかぎりのえものがすべていました。

「ねえーえ！」と、おかみさんはいいました。「きれいじゃない？」

「ああ、そうだね、」と、男はいいました。「これがつづくといいね。こんなうつくしい邸宅《ていたく》にすめるんだから、これでじゅうぶんまんぞくだね。」

「そうねえ、でも、そのことは、一晩《ひとばん》ゆっくりねて考えることにするわ。」と、おかみさんはいいました。

そんな話をしてから、ふたりは休みました。

つぎの朝、おかみさんは、はやばやと目をさましました。ちょうど夜が明けかかっているところで、寝床《ねどこ》からは、目のとどくかぎり、すばらしい土地が広がっているのが見えました。亭主《ていしゅ》はまだねむっていました。そこで、おかみさんは、亭主《ていしゅ》のわき腹《ばら》をひじでつついていいました。

「ねえ、あんた、おきて窓《まど》の外をごらんよ。ほら？　あそこに見える土地ぜんぶをおさめる王さまになれないかしら？　魚のところへ行って——王さまになりたいっていってきて。」

「おいおい、おまえ！」と、男はいいました。「なんで王さまなんぞになりたがるんだね。おれは王さまになんかなりたくもないよ。」

「やれやれ、」と、おかみさんはいいました。「もし、おまえさんがなりたくないんなら、あたしが王さまになるよ。魚のところへ行って、あたしが王さまになりたいといっておいで。」

「おいおい、いいかげんにしろよ、」と、男はいいました。「そんなこと、魚にいえるもんか。」

「どうしていえないのさ?」と、おかみさんはいいました。「とっととお行き。あたしゃ、どうあっても王さまになるんだから。」

そこで、しかたなく男はでかけました。行きたくはありませんでしたが、それでも、行くことになってしまいました。すっかりしょげて、口の中では、「どう考えても、こいつはまちがっている。まちがっているさ。」と、ぶつぶついっていました。

浜辺《はまべ》まできてみると、海は、ぜんたいが黒みがかった灰色《はいいろ》で、水は底《そこ》のほうから泡《あわ》だっており、くさったにおいがしました。

漁師《りょうし》は、その場に立って、いいました。

マンニー、マンニー、ティムピー　ティー

海の中の　魚どの
おれのかみさんイルゼビル
強情《ごうじょう》で、いうこときかせぬ。

「はてさて。おかみさんは、こんどは何がほしいんだね？」と、魚はききました。

「ああ！」と、男はいいました。「王さまになりたいんだと。」

「なら、行くがいい——そうなってるさ。」と、魚はいいました。

そこで、男は帰りました。帰ってみると、大邸宅《だいていたく》は巨大《きょだい》な城《しろ》になっていました。すばらしいかざりのついたたかい塔《とう》があり、入り口には番兵《ばんぺい》が立っていました。そして、たいこやトランペットをもった兵隊《へいたい》たちが、あたりをうずめつくしていました！

城《しろ》の中にはいっていくと、何もかもが大理石《だいりせき》と金でできていました。それには大きな金のふちかざりがついた、ビロードのカバーがかかっていました。

と、そのとき、大広間《おおひろま》のとびらが左右にひらきました。すると、そこには宮廷《きゅうてい》じゅうの廷臣《ていしん》たちがせいぞろいしていて、おかみさんが、金とダイヤモンドでできたたかい玉座《ぎょくざ》にすわっていました。おかみさんは、純金《じゅんきん》のかんむりを頭にのせ、手には、金と宝石《ほうせき》でできた笏杖《しゃくじょう》をもって立っていました。その両《りょう》わきには、六人の侍女《じじょ》が、背《せ》のじゅんに、一列《いちれつ》にならんで立っていました。侍女《じじょ》たちは、いちばんたかいのから、つぎつぎに、頭ひとつぶんずつひくくなっていました。

男は、玉座《ぎょくざ》の前まで行きました。そして、そこに立っていいました。

「ああ、おまえ、今は王さまなんだね？」

「そうよ、」と、おかみさんはこたえました。「あたしは、王よ。」

男はそこに立って、おかみさんをながめました。そして、つくづくながめたあとでいいました。

「ああ、おまえ、王さまになってよかったなあ！　これでもう、何ものぞみはなくなったな。」

「いいや、おまえさん、そんなことはないさ。」
と、おかみさんはいい、とてもおちつかないようすに見えました。
「することがないんだよ。時間のたつのが、のろくてのろくて――これじゃ、とてもがまんできない。魚のところへ行っておいで。あたしゃ王さまだけど、皇帝《こうてい》にもならなきゃならないって。」

「おいおい、おまえ！」と、男はいいました。「なんで皇帝《こうてい》になんかなりたいんだよ？」

「おまえさん、」と、おかみさんはいいました。「魚のところへ行きな。あたしゃ、皇帝《こうてい》になりたいんだよ！」

「むりだよ、おまえ！」と、男はいいました。「そんなこと、魚にいう気にはなれん。おまえを皇帝《こうてい》にするだなんて――それはできない、できっこないよ。」

「なんだって！」と、おかみさんはどなりました。「あたしは王で、おまえはあたしの家来《けらい》なんだよ。すぐに行くかい？　あの魚は、あたしを王さまにしてくれたんだから、皇帝《こうてい》にもしてくれるさ。あたしゃ、なりたいんだよ。なりたいんだよ、皇帝《こうてい》に。行けったら、今すぐ！」

こういわれては、行くほかありませんでした。けれども、おそろしくてたまりません。おびえきって歩いていきながら、漁師《りょうし》は考えました。

「そうは、うまくいかん。うまくいくはずがない。皇帝《こうてい》だなんて、たのむのにもほどがある。魚だって、しまいにはうんざりするさ。」

そう考えながら海につきました。海は、まっ黒で、どろどろでした。くさって発酵《はっこう》しかかっているらしく、ぶくぶく泡《あわ》がたっています。そして、その上を、なんとものすごい風がふきあれていました。男は、おそろしさに身《み》がすくみました。それでも、そこに立って、いいました。

マンニー、マンニー、ティムピー　ティー
海の中の　魚どの
おれのかみさんイルゼビル
強情《ごうじょう》で、いうことききやせぬ。

「はてさて、おかみさんは、こんどは何がほしいんだ？」と、魚はききました。

「ああ、魚さん！」と、男はいいました。「あいつは皇帝《こうてい》になりたがっているんです。」

「なら、行くがいい。」と、魚はいいました。「そうなってるさ。」

そこで、男は帰りました。帰ってみると、城《しろ》ぜんたいは、みがきあげられた大理石《だいりせき》になっていて、雪花石膏《アラバスター》でできた彫像《ちょうぞう》と金のかざりでかざられていました。入口の前では、兵隊《へいたい》たちが行進《こうしん》していました。兵隊《へいたい》たちは、ラッパをふきならし、小だいこや大だいこをたたいていました。城《しろ》の中には、男爵《だんしゃく》や、伯《はく》爵《しゃく》や、侯爵《こうしゃく》が、まるで召使《めしつか》いのように、歩きまわっていました。みんなは、男のためにとびらをあけてくれましたが、そのとびらというのが純金《じゅんきん》でできていました。

中にはいると、おかみさんは、金の一枚板《いちまいいた》でできた、高さ二マイルもある玉《ぎょく》座《ざ》にすわっていました。大きな、金のかんむりをかぶっていましたが、それは三エルものたかさがあり、きらきら光るダイヤモンドと、赤いざくろ石がはめこんであリました。

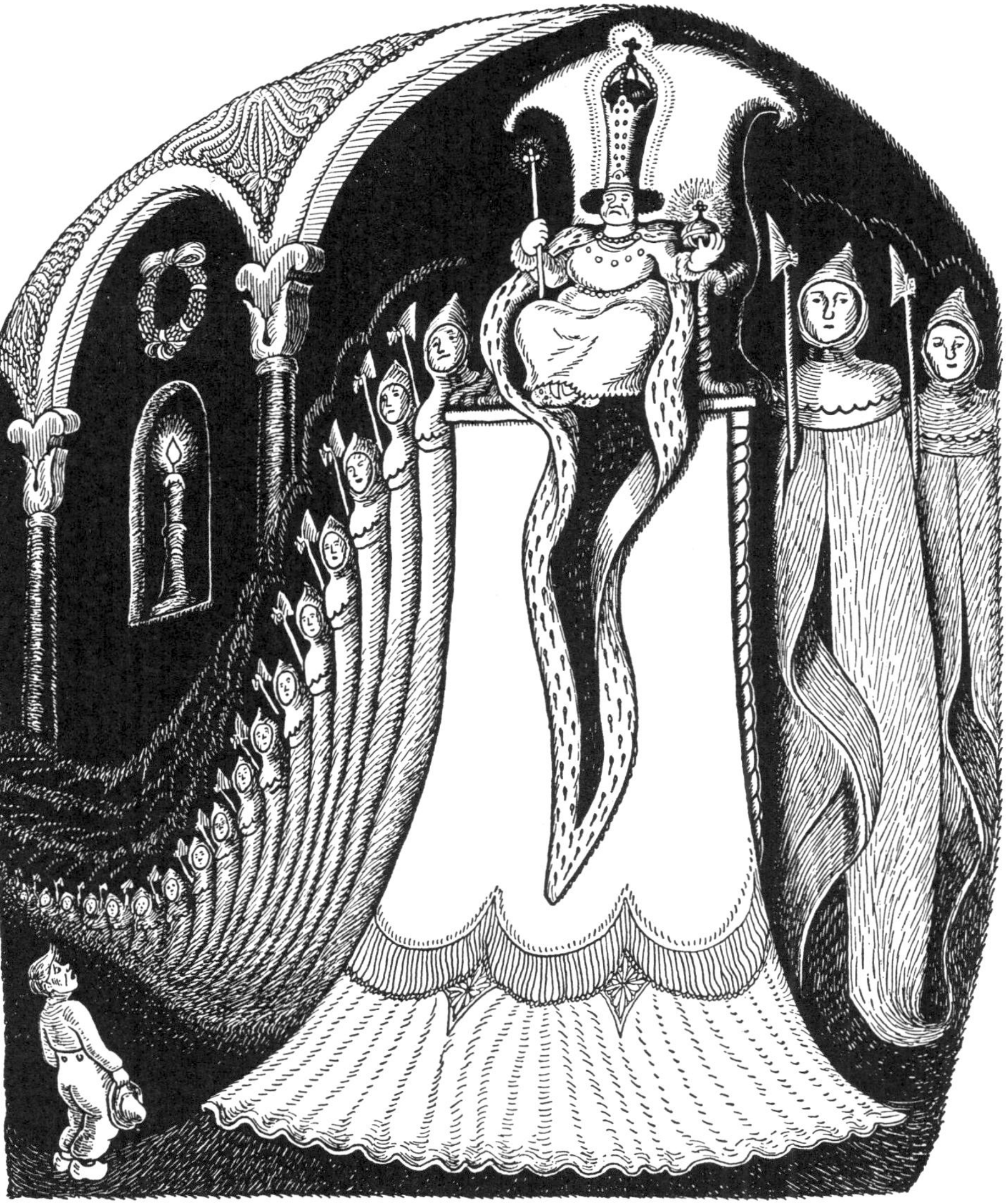

おかみさんは、いっぽうの手には笏杖《しゃくじょう》をもち、もういっぽうには、皇帝《こうてい》のしるしである宝珠《ほうじゅ》をもっていました。玉座《ぎょくざ》の両側《りょうがわ》には、よろいをまとった儀仗兵《ぎじょうへい》たちが、大きさのじゅんに、二列《れつ》になってならんでいました。いちばんはしの大男は、背《せ》たけが二マイルもあり、それからだんだん小さくなって、いちばんおしまいは、小指《こゆび》のさきほどもない小人《こびと》でした。そして、皇帝《こうてい》の前には、それはそれはおおぜいの王や王子たちが立っていました！

男は玉座《ぎょくざ》の前まで行って、そこに立っていいました。

「おまえ、今はもう皇帝《こうてい》なんだね。」

「そうよ、」と、おかみさんはいいました。「あたしは、皇帝《こうてい》よ。」

漁師《りょうし》は、そこに立って、自分の妻《つま》をよくよく見つめました。そうやってしばらくじっと見ていてからいいました。

「ああ、おまえ、皇帝《こうてい》になってほんとによかったなあ。」

「あんた！」と、おかみさんはいいました。「なんで、そんなところに、そんなふうにつっ立ってるんだい？　あたしゃ皇帝《こうてい》だけど、こんどは法王《ほうおう》になりたいんだよ。魚のところへ行っておいで。」

「おいおいおい！」と、男はいいました。「おまえときたら、いうにことかいて、なんてことをいいだすんだ？　法王《ほうおう》になんかなれるわけがないじゃないか。世界《せかい》じゅうに法王《ほうおう》さまはひとりきりときまっているんだ。いくら魚だって、それはできないさ。」

「おまえさん！」と、おかみさんはいいました。「あたしゃ法王《ほうおう》になりたいんだ。すぐ行っといで。今日《きょう》にでも、法王《ほうおう》にならなきゃなんないんだから。」

「だめだよ、おまえ、」と、男はいいました。「そんなこと、魚にいいたくない。うまくいくはずがない。どう考えても、いきすぎだ――法王《ほうおう》にはなれないよ。」

「おまえさん、何をぐちゃぐちゃいってるんだい！」と、おかみさんはどなりました。「もし、皇帝《こうてい》にできたのなら、法王《ほうおう》にだってしてくれるはずさ。さっさと行きな。あたしは皇帝《こうてぃ》で、おまえはわたしの家来《けらい》なんだよ――行くのかい、行かないのかい？」

漁師《りょうし》は、この剣幕《けんまく》におどろいて、海へむかいました。けれども、今にも気が遠くなりそうで、がくがくふるえ、ふらふらよろめいたりしました。ひざも、ふくらはぎも、へなへなでした。

今や、地面の上をものすごい風がふきわたっていました。雲《くも》が走り、あたりはまるで夜のようにくらくなっていました。木々からは葉《は》がおち、海の水は岸《きし》にくだけ、まるで煮《に》えたっているように、はげしく波《なみ》だち、いきりたっていました。

はるかかなたに、何せきか船《ふね》が見えましたが、どれも大波《おおなみ》の上でほうりあげられ、なげとばされ、難破《なんぱ》しそうになっていました。空は、まんなかに、まだ少しだけ青いところをのこしてはいるものの、そのまわりは、はげしいあらしのときのようにまっ赤《か》になっていました。

漁師《りょうし》は、もうやけくそでした。おそろしさにふるえながらも、そこに立っていいました。

マンニー、マンニー、ティムピー　ティー
海の中の　魚どの
おれのかみさんイルゼビル
強情《ごうじょう》で、いうことききやせぬ。

「はてさてー、おかみさんは、こんどは何がほしいんだ？」と、魚はききました。

「ああ、」と、男はいいました。「こんどは法王《ほうおう》になりたいんだと。」

「行くがいい、」と、魚はいいました。「そうなっているだろう。」

そこで、漁師《りょうし》はうちに帰りました。うちについてみると、そこは巨大《きょだい》な教会になっていて、まわりを、いくつもの宮殿《きゅうでん》がぐるっととりかこんでいました。

男は、群衆《ぐんしゅう》の中をかきわけてすすみました。中には、何千本、何万本ものろう

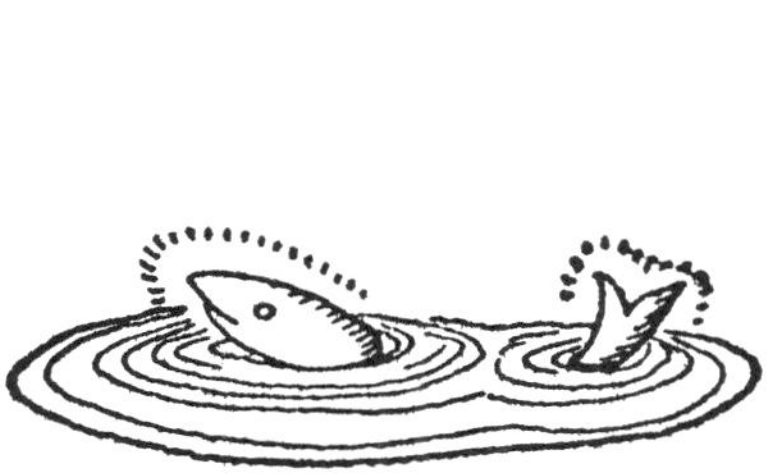

そくがともっていました。おかみさんは、純金《じゅんきん》の衣《い》しょうに身《み》をつつみ、前よりもっとたかい玉座《ぎょくざ》にすわっていました。今では大きな金のかんむりを三つもかぶっています。まわりは、どこもかも豪華《ごうか》、壮麗《そうれい》、荘厳《そうごん》でした！　玉座《ぎょくざ》の両《りょう》側《がわ》には、ろうそくがずらっと二列《れつ》にならんで立っていました。いちばんたかいのは、塔《とう》のようにふとく、それからどんどん小さくなって、いちばん小さいのは、台所用《だいどころよう》のろうそくみたいでした。そして、何人もの皇帝《こうてい》や王たちが、みなおかみさんの前にひざまずいていました。

「おまえ、」と、男は、おかみさんをじっと見ていいました。「今は法王《ほうおう》なのかい？」

「そう、」と、おかみさんはこたえました。「あたしは、法王《ほうおう》。」

男は玉座《ぎょくざ》の前まで行って、つくづくとおかみさんを見ました。それはまるで太陽《たいよう》を見ているようでした。しばらくのあいだ、そうやって見ていたあと、男はいいました。

「ああ、よかったなあ、おまえ、法王《ほうおう》になって。」
けれども、おかみさんは、身《み》木のようにかたくなって、動《うご》きひとつせずすわっていました。そこで、男はいいました。
「なあ、おまえ、今はもう法《ほう》王《おう》になったのだから、それでまんぞくしなければならんぞ。これ以上《いじょう》、なれるものはないんだからな。」
「それについては、考えておくわ。」と、おかみさんはいいました。

それっきり、ふたりは寝床《ねどこ》にはいりました。けれども、おかみさんは、まんぞくしていませんでした。欲《よく》が欲《よく》を生んで、あと何になれるかしらと、ずっと考えつづけていたので、ねむるどころではありませんでした。

男のほうは、ぐっすりと、とてもよくねむりました。けれども、おかみさんはねむれませんでした。一日ずいぶん走りまわったのですから――けれども、おかみさんはねむれませんでした――だって、一晩《ひとばん》じゅう、あっちこっちとねがえりばかりうっていました。でも、法王以上《ほうおういじょう》に位《くらい》のたかいものを考えつくことはできませんでした。

太陽《たいよう》がのぼりはじめ、空がバラ色になったとき、おかみさんはベッドのはしに身《み》をよせて、窓《まど》の外を見ました。そして、太陽《たいよう》がずんずんたかくなっていくのを見ているうちに、おかみさんは、

「アはあ、これだわ！」と、ひざをうっていいました。「あたしだって、太陽《たいよう》

や月をのぼらせることはできるはずだよ。」

「おまえさん、」と、おかみさんは、ひじで亭主《ていしゅ》のわき腹《ばら》をつついていいました。「おきて、魚のところへ行っといで。あたしゃ、神《かみ》さまみたいになりたいんだ。」

男は、まだ半分ねむっていました。けれども、これを聞いて、あんまりびっくりしたので、ベッドからころがりおちました。聞きまちがいかと思い、目をこすっていいました。

「おい、おまえ、今なんといったんだね？」

「おまえさん、」と、おかみさんはいいました。「あたし、ただここにすわって、太陽《たいよう》や月がのぼるのを見ているだけで、自分で太陽《たいよう》や月をのぼらせることがでぎないなんて、とてもがまんできないよ。自分の思いどおりに、太陽《たいよう》や月をのぼらせることができるようになるまで、いっときも心が休まるもんじゃない。」

そういって、ものすごくおそろしい目で亭主《ていしゅ》をにらみつけたので、亭主《ていしゅ》はふるえあがりました。

「今すぐ行っておいで。」と、おかみさんはいいました。「あたしゃ、神《かみ》さまみたいになりたいんだよ。」

「ああ、おまえ！」と、男はいって、おかみさんの前にくずれるようにひざをつきました。「そんなこと魚にはできないよ。皇帝《こうてい》や法王《ほうおう》ならできるかもしれないけれど。たのむ、まんぞくして、このまま法王《ほうおう》でいておくれ。」

これを聞いたおかみさんは、髪《かみ》の毛《け》をさかだてていかりくるいました。そして、着物《きもの》のすそをたくしあげて、足で亭主《ていしゅ》をひとけりし、金切《かなき》り声をあげました。

「あたしゃがまんできないんだ。これ以上《いじょう》がまんできないんだよ！　行くね？」

漁師《りょうし》は、ズボンをたくしあげて、無我夢中《むがむちゅう》で外にとびだしました。けれども、外はあらしで、あまりにもひどくあれくるっていたので、立っていることさえできませんでした。家々も木々もなぎたおされ、山もゆれました。大きな岩《いわ》がくだけて、海にころがりおちました。空は、まっ黒で、かみなりが鳴り、いなずまが走りました。海はさかまき、教会の塔《とう》や、山ほどもあるたかさの波《なみ》がおしよせ、波《なみ》がしらには、白い泡《あわ》がきばをむいていました。漁師《りょうし》は、ありったけの声でさけびましたが、それでも自分の声が聞こえないほどでした。

マンニー、マンニー、ティムピー　ティー
海の中の　魚どの
おれのかみさんイルゼビル
強情《ごうじょう》で、いうこときやせぬ。

「はてさて、こんどは何がほしいんだ？」と、魚はききました。

「ああ、ああ！」と、男はいいました。「あの女は、自分で太陽《たいよう》や月をのぼらせたがっている。神《かみ》さまのようになりたいんだと。」

「なら、帰るがいい、」と、魚はいいました。「おかみさんは、もとの酢《す》のびんの中にいるよ。」


男がうちに帰ると、小屋《こや》も、邸宅《ていたく》も、お城《しろ》も、教会も消《き》えて、そこにあるのは、もとのお酢《す》のびんでした。そして、それ以来《いらい》、今日《こんにち》にいたるまで、ふたりはずっとそこにすわっています。

訳者《やくしゃ》あとがき――ワンダ・ガアグのグリムについて

松岡享子

この本は、アメリカの画家・絵本作家のワンダ・ガアグが、一九三六年に刊行《かんこう》した『Tales from Grimm』の翻訳《ほんやく》です。原著《げんちょ》には、グリムの昔話が全部で十六話収《おさ》められていますが、日本語版《ばん》は、これを二つに分け、『グリムのむかしばなしI』には七話、そしてこの『グリムのむかしばなしII』には九話を収《おさ》めました。もともとは一冊《さつ》の本だったものですから、最初に本書を手になさった方も、ぜひ『グリムのむかしばなしI』を合わせてお読みくださるようにお願いいたします。

ワンダ・ガアグは、一八九三年、アメリカのミネソタ州ニューウルムに生まれました。そこは、ドイツや、オーストリアから、新しい天地を求めて移住《いじゅう》した人たちの住む地域《ちいき》で、ガアグ一家は、ボヘミア――現在《げんざい》のチェコ――からの移民《いみん》でした。ワンダは、自伝のまえがきで、「私はアメリカで生まれたが、時々、幼児期をヨーロッパで過《す》ごしたような錯覚《さっかく》を覚える」と述《の》べていますが、この地域《ちいき》は、ことばもドイツ語なら、人々の暮《く》らしぶりも万事ヨーロッパ風でした。

ワンダの祖父《そふ》は木彫《きぼ》りの名人、父親は画家で音楽の才能《さいのう》もあり、母親の一家も、絵も描けば楽器もつくる芸術《げいじゅつ》一家だったそうで、ワンダは、両親の双方《そうほう》から豊《ゆた》かな才能《さいのう》を受けつぎました。ワンダは長女で、その下に五人の妹とひとりの弟がありました。みんな絵を描くことが大好きで、日曜日や休みの日には、台所のテーブルで、みんなで絵を描いてたのしんだといいます。愛情豊《あいじょうゆた》かな両親のもと、素朴《そぼく》な芸術的雰囲気《げいじゅつてきふんいき》の中で、のびのびと過《す》ごしたワンダの子ども時代は、幸せそのものでした。

その幸せの中には、両親、祖父母《そふぼ》、叔父《おじ》、叔母《おば》たちから、毎晩《まいばん》のように昔話――ワンダたちは、それをメルヘンと呼《よ》んでいました――を聞くという幸せがふくまれていました。家庭のことばがドイツ語なら、語ってもらう昔話もドイツのお話、すなわちグリムの昔話でした。家にあった蔵書《ぞうしょ》の中には、グリムの昔話もあり、自分でもくり返し、くり返し読んでいたようです。

十五歳《さい》のとき、父親が亡《な》くなり、長女だったワンダは、病弱な母親に代わって一家を支えなければならなくなります。周囲からは、学校はやめて働くようすすめられますが、ワンダは、絵の才能《さいのう》を生かして、絵ハガキやカードを作って売る、いくつかの雑誌《ざっし》に物語や絵を投稿《とうこう》して賞金を稼《かせ》ぐ、などして、学校も絵を描くこともあきらめずに、なんとか自分の道を切り開いていきます。正式に美術《びじゅつ》の勉強をして、画家になることを夢見《ゆめみ》ながら果《は》たせなかった父親が、最《さい》期《ご》に残したことば――「パパができなかったことをワンダがなしとげなくちゃいけないよ」――がいつも心にあって、ワンダを励《はげ》ましつづけたのでした。

たいへんな苦労《くろう》をしながらも、ワンダの才能《さいのう》を見込んだ人たちの援助《えんじょ》を受けて、美術《びじゅつ》学校にすすみ、画家への道を目指します。奨学金《しょうがくきん》を得てニューヨークのアート・スチューデント・リーグで学び、三十歳《さい》にして初めて個展《こてん》を開きます。新しい才能《さいのう》を発掘《はっくつ》して世にだすことで知られていたヴァイユ・ギャラリーに認《みと》められてのことでした。

この個展《こてん》が、ある出版社《しゅっぱんしゃ》の編集者《へんしゅうしゃ》の目にとまり、絵本をつくらないかと声がかかり、今や古典となった『１００まんびきのねこ』が刊行《かんこう》されたのです。その後、『へんなどうつぶ』、『スニッピーとスナッピー』など、アメリカの絵本の黄金時代のさきがけとなる作品をつぎつぎに世に送り、絵本作家としての地位を確立《かくりつ》します。

一九三二年秋、ワンダは、ニューヨークのヘラルド・トリビューン紙から、子どもの読書週間の特集記事のために絵を描くよう依頼《いらい》されます。このときヘンゼルとグレーテルの絵を描いたのですが、これを描いている最中に、子どものころ魂《たましい》をあずけるようにして聞き入った昔話の記憶《きおく》がよみがえり、「昔話がわたしにとってどんな意味をもっていたか、そのすべてを絵の中に表現《ひょうげん》しつくすまでは、心が休まらない」と感じます。

これがきっかけで、ワンダはグリムと取り組むようになります。最初は「絵の中に表現《ひょうげん》しつくす」とあるように、挿絵《さしえ》を描くことを考えていたのですが、英訳《えいやく》されたグリムを何冊《さつ》も読むうちに、その文章が堅苦《かたくる》しく、想像力《そうぞうりょく》に欠けると感じ、自分でもっと読みやすい、生き生きした文章に翻訳《ほんやく》・再話しようと決心します。自分が子どものときに味わったぞくぞくするようなたのしさを再現《さいげん》したいと願ったのです。

最初、ワンダは、二百余《あま》りあるグリムの昔話から六十話を選《えら》び、それを三冊本《さつぼん》にする計画をたてていました。しかし、一九三六年に出た『Tales from Grimm』――本書のもとになった本――には十六話だけが収《おさ》められました。完璧主義者《かんぺきしゅぎしゃ》であったワンダは、文章も挿絵《さしえ》も、何度も何度もかきなおし、活字の大きさや、ページのレイアウトにも最後まで注文をつけたといいます。この本に込めたワンダの意気込みが感じられます。

こうして刊行《かんこう》されたワンダのグリムは、多くの読者、中でも児童図書館員たちに大歓迎《だいかんげい》されました。「読んでいると、まるで語り手のことばに耳を傾《かたむ》けているような感じがする」文章、素朴《そぼく》でユーモアあふれる語り口と、それにぴったりの挿絵《さしえ》が高く評価《ひょうか》されたのです。幼少期、ドイツ語で育ち、ヨーロッパの昔話や文化、伝統《でんとう》に養《やしな》われていたことや、生来《せいらい》物語の語り手としての才能《さいのう》をもっていたこと、素朴《そぼく》な生活を愛し、ユーモアのセンスを身につけていたことなど、この本には、ワンダの経歴《けいれき》や資質《ししつ》、人柄《ひとがら》が、余《あま》すところなく生かされているからでしょう。

ワンダは、このあとも、グリムの翻訳《ほんやく》と挿絵《さしえ》の仕事をつづけますが、残念ながら健康を害し、一九四六年、五十三歳《さい》の若《わか》さで肺《はい》がんのため亡《な》くなります。あとには、ほぼ完成された原稿《げんこう》や、厖大《ぼうだい》な量のスケッチや絵が残されました。それらは、家族や友人、編集者《へんしゅうしゃ》たちの手によって一冊《さつ》にまとめられ、『More Tales from Grimm（続グリムのむかしばなし）』として、ワンダの死の翌年《よくねん》に刊行《かんこう》されました。これには、「ねむりひめ」「こびととくつや」「鉄のハンス」など三十二話が収《おさ》められています。

ワンダが心血《しんけつ》を注いで生みだした「ワンダのグリム」は、ワンダの絵本の仕事全部に匹敵《ひってき》する、子どもの読者への大きな贈《おく》りものだと思います。なお、この本にこめたワンダの思い、翻訳《ほんやく》・再話の方針《ほうしん》、一つ一つの話についてのコメントは、『グリムのむかしばなしⅠ』の巻末《かんまつ》にある「著《ちょ》者《しゃ》による解説《かいせつ》」にくわしく記されています。ぜひ、それをお読みください。

二〇一七年　八月

編・絵　ワンダ・ガアグ

1893年アメリカ合衆国ミネソタ州に生まれる。絵を描くことを職にしていた父の跡を継いで10代から仕事をはじめ、版画家・絵本作家として活躍。版画作品はアメリカやヨーロッパの美術館に収められている。主な作品は『100まんびきのねこ』『すんだことはすんだこと』『しらゆきひめと七人の小人たち』(以上福音館書店)『へんなどうつぶ』(瑞雲舎)『スニッピーとスナッピー』(あすなろ書房)がある。他に絵本『The ABC Bunny』、青春時代の日記『ワンダ・ガアグ　若き日の痛みと輝き』(こぐま社)など。1946年、逝去。

訳　松岡享子

1935年神戸市生まれ。神戸女学院大学英文科、慶応義塾大学図書館学科を卒業後、渡米。ウエスタン・ミシガン大学大学院で児童図書館学を学んだ後、ボルチモア市公共図書館に勤務。帰国後、大阪市立中央図書館勤務を経て、自宅にて家庭文庫を開き、児童文学の翻訳、創作、研究を続ける。1974年、石井桃子氏らと、東京子ども図書館を設立し、現在同館名誉理事長。童話に『くしゃみくしゃみ天のめぐみ』(サンケイ児童出版文化賞)、絵本に『おふろだいすき』、翻訳に「くまのパディントン」シリーズ(以上福音館書店)、『三本の金の髪の毛――中・東欧のむかしばなし』、『グリムのむかしばなしI』(以上のら書店)など多数。

グリムのむかしばなし II

2017年11月　初版発行
2023年 8 月　第 4 刷

編・絵◎ワンダ・ガアグ　訳◎松岡享子
装丁◎タカハシデザイン室

発行所◎のら書店
〒102-0074東京都千代田区九段南3-9-11　マートルコート麹町202
電話03(3261)2604　Fax.03(3261)6112　http://www.norashoten.co.jp

印刷◎精興社

176P 20cm NDC933 ISBN978-4-905015-35-2